아카시아

아카시아

펴낸날 | 2010년 1월 22일 초판 1쇄
        2012년 2월 20일 초판 3쇄

지은이 | 츠지 히토나리
옮긴이 | 안소현
펴낸이 | 이태권
펴낸곳 | (주)태일소담
        서울시 성북구 성북동 178-2 (우)136-020
        전화 | 745-8566~7 팩스 | 747-3238
        e-mail | sodam@dreamsodam.co.kr
        등록번호 | 제2-42호(1979년 11월 14일)
        홈페이지 | www.dreamsodam.co.kr

ISBN 978-89-7381-568-5 03830

● 책값은 뒤표지에 있습니다.
● 잘못된 책은 구입하신 곳에서 교환해드립니다.

아카시아 アカシア

츠지 히토나리 지음 | 안소현 옮김

소담출판사

| 차 례 |

포스트

어느 순간 나는 저절로 알게 되었다. 갑자기 알게 된 게 아니라 어느 정도 기간에 걸쳐 조금씩.

여자는 늘 점심시간 직전에 우체국으로 얼굴을 들이밀고, 내 자리에서 볼 때 정면에서 조금 왼쪽 창가의 우뚝 솟은 원기둥 옆에 놓인 의자에 파묻히듯 앉아 있다.

창구는 모두 일곱 개이고, 나는 3번 창구를 맡고 있다. 건물은 19세기 중엽에 지어진 것으로, 예전에는 퇴역군인 전용 클럽이었다. 그 때문일까? 천장은 높다랗고 바닥은 대리석이고, 통로와 이어지는 정면 유리창은 두꺼운 데다 벽 한 면을 차지하고 있다. 나는 특히 우체국이 열리기 직전, 휑한 홀에 감도는 착 가라앉은 공기와 유리창 너머로 새어 들어오는 오전 중의 햇살과 벽시계의 초침이 째깍째깍 지나가는 메마른 소리를 좋아한다.

사람들이 발권기에서 대기표를 뽑아 들고 홀에서 기다린다. 전광판에 자기 번호가 켜지면 지정된 창구로 간다. 점심시간 전후와 저녁 무렵은 순서를 기다리는 사람들로 우체국 안이 붐빈다.

여자가 나를 향해 생긋 웃었을 때 나는 순간적으로 다음 이용자가 분명하다고 생각했다. 그런데 창구에는 개를 데려온 초로의 남자가 서 있었다. 여자는 나를 똑바로 바라보고 있었다. 신분을 알지 못해도 상대가 웃음을 지어 보이면 나도 웃는 얼굴로 답할 수밖에 없다.

이것만은 확실히 말할 수 있는데 이 여자가 직접적으로 피해를 준 적은 지금까지 한 번도 없다. 간접적으로 불쾌한 마음이 들게 한 적은 있지만 여자에게 악의가 있다고는 생각하지 않는다. 여자는 무슨 일을 꾸미지도 않았고 비 오는 날도 바람 부는 날도 쉬지 않고 찾아와서 그저 나를 보고 가기만 했다. 눈이 마주치면 웃는다. 때로는 가슴께에서 손을 조그맣게 흔든 적도 있다. 점심시간이 지나면 사라진다. 그것이 그녀가 한 행동의 전부다.

여자를 최대한 보지 않으려고 노력했다. 누구인지 짐작조차 할 수 없다면 가까이하지 않는 편이 좋다. 본다 해도 아주 잠깐. 여자가 있다는 걸 알면 즉시 눈길을 돌렸다. 우체국이라는 장소는 시간이 남아도는 사람들이 모이기 쉬운 곳이다. 순순히 웃음으로 답한 게 애당초 잘못이었다.

이런 부류는 내버려두는 게 가장 좋다. 상대하지 않으면 대부분 포기하고 발길을 끊는다. 그런데 여자는 내 눈길이 닿는 곳에서 얼쩡거려서 싹 무시하기도 어렵다. 안 보려고 하는데도 나도 모르게 여자와 눈길이 마주칠 때가 있었다.

여자 이야기를 동료들에게 한 적은 없다. 날마다 나를 보러 오는 여자가 있어, 이런 말은 조심해야 한다. 7번 창구의 MM에게 호감이 있어서 시시한 일로 오해받고 싶지 않기 때문이다.

여자는 빈말이라도 미인이라고 하기 어렵고, 옷차림도 세련되지 못했다. 털이 왕창 빠진 개처럼 머리숱이 적은 편으로 새어 들어오는 햇살 때문에 금빛 머리카락이 더욱 여릿하게 반짝이고 정수리의 윤곽까지 들여다보였다.

여자는 쉬지 않고 줄기차게 드나들었다. 두세 달이 지나자 여자가 거기 있는 것에 익숙해져서 별로 신경 쓰지 않게 되었다. 웃음을 지어 보내면 자연히 내 입가도 풀어졌다. 여자는 죄를 짓고 있는 게 아니다, 그저 웃고 있을 뿐이다. 돌아가세요, 하는 말은 과잉 반응일 게다. 세상에는 여러 종류의 사람이 있다. 그러니 일일이 쌍심지를 켤 수는 없다.

여자를 바라보는 날도 있지만 바라보지 않는 날도 있었다. 웃음으로 답할 때도 있고, 기분이 안 좋으면 무시하는 일도 있었다. 일주일 정도 잊고 지낼 때도 있었고, 문득 떠올리며 여자를 찾을 때도 있었다. 언제나 그녀는 그곳에 있었고 변함없이 웃음을 지어 보였다.

그 시점에는 여자의 존재를 다른 직원들이 아직 눈치채지 못했다. 여자는 일부러 혼잡한 시간대를 골랐고 기둥 뒤에 숨어 있거나 서 있는 사람들의 등 뒤에 숨어서 나를 훔쳐보았다. 마치 보호색을 띤 동물처럼 사람들의 색깔 속에 파묻히는 여자.

그 행동은 규칙적이다. 여자는 11시 45분 정도에 어김없이 찾아왔다. 눈이 마주치면 웃거나 손을 흔들었고 다시 바라보면 이미 사라지고 없었다. 우편물을 보내거나 우표를 산 적은 없다. 그래서 지금까지 여자의 목소리를 들어본 적이 한 번도 없다.

여자와 아는 체하는 데 특별한 의미는 없다. 군이 따지자면 지루한 나날의 사소한 심심풀이일 뿐. 기쁘다거나 즐겁다거나 그런 감정이 싹튼 건 아니다.

바쁠 때는 여자에게 신경 쓸 여유조차 없었다. 사람의 발길이 끊어지고 그제야 떠올라 황급히 고개를 들어보면 강아지처럼 기다리는 여자가 있다. 여자는 처량한 표정으로 웃고 나서 안도의 한숨을 내쉰다.

여자는 나에게 무엇을 원하는 걸까? 곰곰 생각해보았지만 도무지 영문을 알 수 없어 당황스러웠다. 왜 나를 보러 오는 걸까? 아무리 생각해도 짚이는 구석이 없다. 나 같은 사람에게 웃어주어 어쩌자는 건가? 뭔가 음모가 숨어 있나? 하지만 대체 무엇 때문에?

이름도 주소도 아무것도 모르기 때문에 누군지 확인할 길이 없다. 어찌할지 모르는 상태로 시간만 흘러가고 있었다.

계절의 변화와 더불어 여자의 존재는 풍경의 일부처럼 사람들 속에 파묻혀 있었다. 무성하게 우거진 마로니에를 쳐다보는 것과 같다. 바람이 불면 한꺼번에 나뭇가지와 이파리가 나부낀다. 그와 동시에 내가 보고 있던 잎사귀를 놓친다. 그런 느낌.

반년 정도 지났을 무렵, 어느 날 나는 처음으로 여자를 우체국 밖에서 보았다. 여자는 골동품 가게의 창문을 들여다보고 있었다. 도로 폭은 좁지만 버스도 다니는 혼잡한 길이다. 어떻게 할까 망설였다. 말을 걸 수도 있었지만 실제로는 아무것도 하지 않았다. 대형차가 지나간다. 나는 지나가는 사람과 부딪힌다. 사과하는 사이에 여자를 놓쳐버린다.

단골 카페에서 발견한 적도 있다. 퇴근하고 나서 들렀더니 디귿 자 모양의 긴 테이블 끄트머리, 낡은 계산대 옆에서 혼자 와인을 홀짝거리고 있었다. 평소와 반대로 내가 남자들 사이에 섞여 들어가 살그머니 눈치를 살폈다. 여자의 마음을 상상하면서……

여자는 때때로 종업원이나 옆자리의 남자에게 작은 목소리로 말을 건넸다. 친밀하게가 아니라 혼잣말을 중얼대듯 소곤소곤. 진지하게 상대해주는 사람은 없다. 성가신 듯 남자들은 조그맣게 고개를 끄덕일 뿐이다.

나이는 30대 중반이나 후반 정도일까. 화장은 하지 않았다. 코가 다른 부위에 비해 약간 크다. 균형이 안 맞는다기보다는 오히려 그 매부리코가 강한 의지력을 추정하는 데 한몫한다.

긴 테이블은 퇴근길에 들른 사람들로 번잡했다. 그녀가 앉은 자리는 맨 끄트머리다. 여자는 엷은 베이지색 코트를 걸쳐 입고 있다. 웬일인지 이제는 와인에 손도 대지 않고 앞을 물끄러미 바라보고 있다. 몇 세기 전에 살았던 유명 화가가 남긴 그림 속 인물처럼 말이다. 물론 나 자신도 그 그림의 일부겠지. 누군가가 그린 보수적인 거리의 세련되지 못한 카페 한구석에 나와 그녀가 있다.

나는 취직하고 얼마 지나지 않아 지인의 소개로 알게 된 여자와 결혼했다. 마음이 안 맞아서 말다툼을 자주 했지만 그래도 5년이나 함께 살았다. 이혼 후에는 딱히 애인이랄 사람 없이 줄곧 혼자 살고 있다. 다행이라고 해야 하나, 아이가 없었기에 헤어진 아내와는 그걸로 끝이다.

일을 마치면 저녁식사를 할 겸 카페나 스탠드바에 들러 이 지역의 낯익은 이들과 술을 마시면서 축구와 경마로 이야기꽃을 피웠다. 어쩌다 마리화나를 피울 때도 있지만 매춘부를 찾아다니지는 않고, 밤에는 아무리 늦어도 12시 전에 자려고 노력한다. 애인은 없지만 7번 창구의 MM과 죽이 잘 맞는다. 둘 다 이혼을 했고 정신적으로 교감하는 부분이 있어서 이야기도 잘 통한다. 데이트를 하는 건 간단하지만 한번 그런 분위기로 몰아가버리면 그 순간부터 두 사람 사이에 특별한 관계가 생겨나, 잘되어가든 그렇지 않든 몹시 귀찮아진다. 쉽게 말해 결혼이라는 데 진절머리가 났다.

그렇게 쓰라린 추억을 곱씹고 있을 무렵에 여자가 나타났다. 딱히 꼼수 따위 필요 없는 존재였다. 그저 멀리서 나를 바라볼 뿐인 죄 없는 사람.

그래서일까, 어느 순간 사소한 계기로 여자에게 손을 흔들어주고 말았다. 어째서 그런 짓을 저질렀는지 모르겠다. 기쁜 듯한 얼굴로 여자는 고개를 끄덕거렸다.

그 뒤 나는 자연스럽게 여자를 향해 손을 흔들게 되었다. 주위에서 알아차리지 못하도록 손님과 손님이 바뀌는 짧은 순간을 이용해 몰래. 놀리는 건 아니었고, 그렇다고 여자에게 마음이 끌리는 것도 아니었다. 적선을 하는 듯한 기분이 아니었을까? 아니면 영웅인 체하는 걸까?

"재혼했다면서요."

스탠드바에서 정신을 잃을 만큼 술에 취했을 무렵 여기저기서 그런 소문이 떠돈다는 이야기가 귀에 들어왔다. 나는 깜짝 놀라 어쩔 줄 몰라 했다. 펄적 뛰며 소문을 부정했지만 안면이 있는 사람들은 그저 웃기만 했다. 소문을 맨 처음 입에 올린 남자에게 그 출처를 물었지만 누가 그러더라고요, 누가, 하고 얼버무렸다. 누가, 라는 게 신경 쓰인다. 마음에 짚이는 이가 있는지 더듬어보았지만 나 이외의 사람은 모두 누가이고, 사막 속에서 비슷비슷한 색깔의 모래 알갱이를 찾아내려는 행위라는 걸 깨달았다.

충치를 내버려두었다가 어느 날 갑자기 욱신욱신 쑤시기 시작한 경험은 누구에게나 있을 터이다. 마찬가지로 이 소문은 몇 개월 동안 여기저기서 불쑥불쑥 터져 나왔다. 편지를 부치러 온 낯익은 손님들이 약속이나 한 것처럼 재혼했다면서요, 하고 말을 건넸다. 소포와 봉투를 저울 위에 올려놓은 채 나는 그때마다 말문이 막혀 멍하니 있었다.

결정적이었던 건 MM의 한마디였다. 업무를 마치고 퇴근할 준비를 하는 MM을 탈의실 앞에서 불러 세웠을 때의 일이다.

"당신 부인은 매일같이 찾아와서 당신이 일하는 모습을 감시한다면서. 가끔 당신한테 신호를 보낼 때도 있다던데. 우체국 사람들도 봤대."

"그렇지 않아. 아냐, 그건 소문일 뿐이야. 나는 정말이지 불쾌하기 짝이 없어."

죽을힘을 다해 부정했지만 자세히 설명하기에는 이야기가 너무 복잡했다. 한심한 이야기라며 다시 한 번 낮은 목소리로 저항했지만 그게 다였다. 앞으로는 MM에게 밥 먹으러 가자고도 할 수 없다.

팔짱을 끼고 가만히 있을 수는 없다. 소문 따위에 휘둘릴 정도로 나는 호락호락하지 않다. 소문을 퍼뜨린 무리를 멀리하고 싶어, 퇴근 후에는 일부러 지하철을 타고 옆 동네까지 가 아는 사람이 하나도 없는 카페에서 맥주를 벌컥벌컥 들이켰다.

그 여자가 우체국에 어기적어기적 나타나도 더는 얼굴을 마주하지 않았다. 나는 오로지 일에만 몰두하고 퇴근 시간이 되면 아무한테도 말하지 않고 귀가했다. 언짢은 소문을 차단하고 살아가는 건 어렵지 않다. 살고 있는 세계의 바깥쪽으로 한 발자국 뒷걸음질 치기만 하면 된다.

새로 간 카페에는 아는 얼굴이 없었지만 북적거리는 것보다 고독한 쪽이 마음 편할 때도 있는 법이다. 다른 손님과 뒤섞여 축구 중계를 관전하고 있으면 외로움 같은 건 잠시 잊을 수 있다. 붙임성 있게 말을 거는 사람은 얼마든지 있고, 모두 함께 환호성을 지르다 보면 동질감도 쉽게 맛볼 수 있다.

아파트는 삭막했다. 좀처럼 물건을 사지 않는 까닭에 짐이 늘어나는 일도 없지만 줄어드는 일도 없다. 이곳 역시 변화를 싫어하는 세계라고 말할 수 있다. 나가기 전의 내 흔적을 밤에 돌아와서 발견한다. 전날 밤 사용한 와인 잔 안쪽 바닥에는 남은 레드와인 찌꺼기가 가라앉아 단단히 들러붙어 있다. 읽다 만 잡지와 아무렇게나 벗어 집어던진 셔츠 등을 정리하고는 부랴부랴 침대로 파고들었다.

대개는 침실에 전깃불을 켜둔 채로 잠이 들었다. 텔레비전도 켜놓은 상태로. 무심코 그 여자를 생각할 때도 있었지만 그런 경우에는 일부러 하품을 해서 머릿속에 떠오른 여자를 쫓아냈다.

내 주위를 둘러싼 것들의 바깥에서 살았지만 언짢은 소문을 모조리 없애는 건 불가능했다. 몇 가지 이야기가 귀에 들렸다. 이를테면 "여자가 질투심이 엄청 강해서 남편이 바람을 피우지 않는지, 날마다 일하는 모습을 보러 온다는데." 하는 소리, 반대로 "남편이 여자를 혼자 두는 게 걱정돼서 일하는 곳에 얼굴을 내밀라고 시켰나 봐." 하는 종류의 얼토당토않은 소리가…….

나는 원래 인내력만큼은 대단하다. 두 번 다시 보지 않겠다고 정하면 철저히 지킨다. 의자의 각도를 조금 움직여서 원기둥이 눈에 잘 들어오지 않도록 했다. 그리고 집 주위에서 어정거리는 걸 피했다. 필요한 물건도 차를 타고 멀리 갈 때 교외 대형 슈퍼마켓에서 한꺼번에 사기로 했다. 여자를 발견하는 일은 이제 없었다. 남이 떠드는 소문도 당사자가 신경 쓰지 않으면 강물 위를 더럽히는 진흙 정도일 뿐. 순식간에 사라져버렸다.

그리고 시간이 흘렀다. 여자는 내 눈길이 닿는 곳에서 사라졌다. 여느 때처럼 그 자리에 앉아 있겠지만 내 눈에는 이제 보이지 않았다. 눈앞에 있는 손님만 보았다. 손님의 바로 앞을 보고, 건네준 봉투나 소포에 적힌 받는 사람의 주소에만 시선을 주었다. 거기에 쓰여 있는 나라 이름이나 도시 이름이나 받는 이의 이름 또는 글씨체를 바라보며 마음을 다스렸다. 피곤할 때는 창문 저 편에 펼쳐진 하늘을 바라보았다. 턱을 조금 들기만 해도 보이는 세상이 확 달라진다.

여자를 안 보게 되고, 어느 정도 시간이 흘렀다. 그사이에 7번 창구의 MM은 임신했다는 사실이 드러나 우체국을 그만두었다. 나의 아버지가 투병 끝에 세상을 떠났다. 그리고 유산상속 문제 로 형제들과 조금 옥신각신했다. 결국 나는 한 푼도 요구하지 않 겠다는 서약서에 서명하기로 했다. 살아가다 보면 많든 적든 시 시한 일에 휘말린다. 그런 걸 뿌리치는 것만으로도 하루하루가 바빴다.

여자의 존재는 의식 속에서 점점 옅어지고, 그런 여자가 있었 다는 일조차 잊어가고 있었다. 경계심도 차츰 약해졌다. 하지만 하루 종일 24시간 내내 신경을 곤두세우고 살아갈 수는 없다. 아 무리 정신력이 강해도 한두 가지 실수는 저지른다.

어느 순간 나는 무심결에 멍청한 짓을 저질렀다. 여자를 의식 해서 시선이 닿지 않는 곳으로 피한 뒤 시간이 한참 흘렀을 때다. 아무럼, 이제는 사라졌겠지, 하고 방심하고 있었다. 그날은 아침 부터 정신없이 바빴다. 손님의 발길이 끊이지 않았다. 간신히 한

숨 돌렸을 때 엉겁결에 긴장이 풀리면서 하품을 했다. 다음 순간 나는 기둥 옆에서 낯익은 얼굴을 발견했다. 꼼짝도 하지 않고 이쪽을 물끄러미 바라보고 있는 그 여자.

여자는 나와 시선이 마주친 순간 입가에 조심스레 웃음을 머금었다. 그러고 나서 오른손을 가볍게 들어 올린 뒤 잠깐 망설이더니 가슴께에서 조그맣게 흔들어 보였다. 나는 최근 몇 개월 동안을 재빨리 돌이켜보고 마지막으로 여자를 봤을 때를 떠올리려고 애썼다. 아직 MM이 7번 창구에서 일하던 무렵이었다. 나는 재빨리 4번 창구의 동료를 바라본 다음 도움을 요청하듯 2번 창구의 직원을 보았다. 그들은 손님을 대하고 있어서 말을 붙일 수조차 없었다.

미안하지만 이것 좀. 누군가가 우편물을 나에게 내밀었다. 시야의 안쪽, 오랫동안 흔적 없이 지워졌던 풍경 속에서 여자가 천천히 일어섰다. 흡족한 웃음을 머금은 여자는 햇빛이 가득 넘실대는 고풍스러운 홀 안을 해시계의 바늘처럼 천천히 움직였다.

여자는 다음 날도 또 그다음 날도 정확히 그곳에 있었다. 그렇게 무시했는데도 줄곧 드나들었던 것이다. 기가 막힌다기보다는 일단 너무 놀랐고, 여자의 강한 의지에 현기증을 느꼈다.

마음이란 신비한 것이다. 무시하거나 흔적 없이 지우거나 잊으려고 하거나 불쾌하게 생각하거나 의식하거나 신경 쓰거나 또는 바라거나. 똑같은 한 사람의 마음인데 여러 가지 형태로 변화한다. 그 변화는 눈에 보이지 않고, 나라는 사람 내부의 깊숙한 장소에서 슬며시 시시각각 형태를 바꾼다. 바람이 만든 모래언덕의 무늬가 조금씩 달라지듯 내 마음의 주름도 시간과 함께…….

알레르기와도 비슷했던 불쾌감이 어느덧 중독 증세와도 비슷한 쾌락으로 바뀔 때도 있다. 때로는 그렇게 피하던 여자가 갑자기 신경 쓰이기 시작하고, 그사이에 없어서는 안 되는 존재로 바뀌는 경우도 있다. 처음에는 여자가 왜 그런 행동을 하는지 몰랐다. 그런데 이제는 오히려 그동안 내가 취했던 행동을 이해할 수가 없었다.

11시 45분 무렵이 되자 나는 자연스레 여자를 찾았다. 기다리지 못하고 여자가 들어오기 전에 그녀가 앉아 있어야 할 자리를 쳐다볼 때도 있었다. 거기에 다른 사람이 앉아 있으면 어색한 느낌이 들었다. 여기에 낡은 그림이 있고, 완성된 배경은 주인공이 도착하기를 얌전히 기다리고 있다. 여자가 나타나면 내 발가락 끝과 손가락 끝이 희미하게 경련을 일으켰다.

여자는 웃는다. 살짝 손을 흔들 때도 있다. 웃지 않고 손만 흔들 때도 있다. 그 차이에 대해 나는 곰곰 생각해보았다. 웃지 않고 손을 흔들기만 할 때는 기분 탓인지 여자가 피곤해한다든지 뭔가 그녀의 신상에 서글픈 일이 일어난 게 아닌가 싶었다. 웃으면서 손을 흔드는 경우에는 그녀의 컨디션이 양호하다고 받아들였다. 그런 자그마한 변화 속에서 나는 여자가 살아 있다는 뚜렷한 증거를 발견했다.

나는 이제 주위의 소문에 신경 쓰지 않고, 여자에게 손을 흔들어주었다. 마음이 완전히 누그러졌다. 그렇기에 손님 중 한 사람이 당신 부인이죠? 하고 등 뒤를 한 번 힐끔 바라보며 말했을 때 내 마음은 차가운 물을 뒤집어쓴 듯한 흔들림을 느꼈다. 부러울 따름입니다, 저렇게 날마다 당신이 일하는 모습을 보러 오는 부인이 있다니요, 하고 남자는 웃으면서 말했다. 방심했더니 이렇게 뒤통수를 얻어맞는 일이 생긴다. 소문은 내가 모르는 곳에서 계속 떠돌고 있었다. 안 보는 체하면서 지켜보는 사람들의 눈길에 나는 가벼운 구토를 느꼈다.

계절이 바뀌듯 내 주위도 시간과 함께 무성했다가 물들었다가 시들었다가 다양하게 변화했다. 단풍처럼 알아차리기 쉬운 변화가 아니다. 내 안에서만 느릿하게 변해가는 것. 나만 발견할 수 있는 차이.

어느 겨울날, 나는 옆 동네 카페에서 술을 마신 뒤 집까지 걸어서 돌아가던 길에 슈퍼마켓 앞에 죽치고 있는 노숙자들 틈바구니에서 그 여자를 발견했다. 슈퍼마켓의 한 모퉁이는 비바람을 피하기에 적당한 지붕과 벽이 있어서 비슷한 처지의 사람들이 먹고 마실 것을 들고 와서는 정신없이 해롱거리는 장소다. 여자는 남자들에게 둘러싸여 웃고 있었다. 나에게 보여주던 그 웃음을 이 남자들에게 흘리고 있었다. 누군가가 여자에게 와인 병을 건네주었다. 여자는 병을 들더니 입에 대고 마셨다. 집에 돌아온 뒤에도 불쑥 끓어오르는 불쾌한 감정을 다스리지 못하다가 결국은 이 정체 모를 화를 알코올로 달래고 잠이 들었다.

다음 날 나는 여자 쪽을 바라보지 않았다. 다음 날도 그다음 날도 무시했다. 그러다 그다음 날, 나는 부루퉁한 얼굴로 여자를 노려보았다. 마치 오랜 세월 함께 지내온 아내에게 투정 부리듯 무뚝뚝한 표정으로. 여자는 웃음을 그치고 등을 꼿꼿이 세웠다.

새해가 밝아오고 그 무렵에는 탁해진 강물도 흘러 들어오는 물줄기 덕분에 다시 아름답고 맑게 빛났다. 응어리도 모두 풀어졌다. 그건 마치 애인끼리 싸우고 난 뒤 화해하거나 또는 헤어진 부부가 인연을 다시 맺는 느낌과 비슷했고, 우리는 또 비밀 신호를 보내게 되었다. 균열을 메우기 위해 먼저 노력한 쪽은 여자가 아니라 나였다. 고집 피워봤자 소용없다며 반성했다. 아내도 애인도 아닌데 그런 여자에게 맞서는 건 말도 안 된다는 생각……

침대에 파고들어 텔레비전에서 흘러나오는 목소리와 소음을 들으며 잠을 청했다. 음량은 수면을 방해하지 않을 정도로 줄이고, 잠이 올 때까지 천장을 쳐다보았다. 문득 여자의 얼굴이 마음속을 스쳐 지나갔다. 화장도 하지 않은 푸석푸석한 얼굴. 눈이 마주치면 아주 조금은 울고 싶어지는, 주인을 애타게 기다리는 애완견처럼 천진난만하게 웃는 그 얼굴. 오른손이 심장 언저리에서 몇 번 조그맣게 움직였다. 손을 흔드는 정도는 아니지만 자기주장이 있는 신호다.

"그럼 내일 또 봐요."

그런 식으로 들렸다.

그랬기에 여자가 우체국에 모습을 보이지 않던 날, 나는 일손이 잡히지 않았다. 여자가 없다는 사실만으로 우체국 안이 완전히 딴 세계로 보였다. 빛도 사람들의 웅성거림도 모두 이질적으로 느껴졌다.

자꾸만 자꾸만 원기둥 옆으로 눈길이 갔다. 우체국 문이 닫히자 나는 아무도 없는 홀을 바라보며 혼자 어쩔 줄 몰라 했다. 날마다 어김없이 같은 시간에 오던 여자가 갑자기 오지 않는 건, 그것만으로도 나를 동요시키기에 충분한 이유가 되었다.

'무슨 일이 있는 건가?'

나는 하루 종일 계속 생각했다. 밤에도 잠을 이룰 수 없었고, 밥이 목구멍으로 넘어가지 않았다. 깊은 밤, 나는 도저히 참을 수가 없어 침대에서 빠져나가 슈퍼마켓까지 달려갔다. 담요를 둘둘 말고 있는 남자들이 차가 다니지 못하게 막아놓은 공간에서 뒤엉켜

자고 있었다. 다가가서 훔쳐봤지만 여자의 모습은 보이지 않았다.

다음 날도 여자는 오지 않았다. 일을 마치고 나는 예전에 드나들던 근처 단골 카페에 오랜만에 들렀다. 나를 보자 종업원이 손을 내밀었다. 우리는 악수를 하고 두세 마디 주고받았다. 긴 테이블에 쭉 앉아 있는 낯익은 이들이 돌아보며 웃음을 지었다. 하나도 변하지 않았다.

맥주를 주문하고 혼란스러운 마음으로 주위를 둘러보았다. 전에 여자가 혼자 앉아 술을 마시던 계산대 옆의 긴 테이블 위는 새어 들어온 저녁 햇살이 반사되어 반짝반짝 눈부시게 빛나고 있었다.

그다음 날도 여자는 오지 않았다. 퇴근하는 길에 근처를 정처없이 어슬렁거리던 나는 일단 아파트 계단을 올라가다가 멈춰 선 뒤 우체국으로 돌아갔다. 교차로 바로 앞 현관 돌계단에 앉아 담배를 피우며 귀갓길을 서두르는 사람들을 바라보았다. 내 기분과 달리 하늘은 아주 맑았다. 뼈가 시릴 만큼 차가운 바람이 내 뺨을 두드렸다.

그리고 나흘째 되던 날 소장이 3번 창구로 다가왔다. 교대할 사람과 함께. 소장은 조용히 내 어깨에 손을 올려놓았다.

소장실에서 경찰이 기다리고 있었다. 나흘 전에 이 근처에서 인명 사고가 있었다고 경찰은 입을 뗐다. 차에 치여 죽은 여자의 신원을 조사 중이라고 했다.

"당신 부인과 닮았다는 증언이 있었습니다."

소스라치게 놀라는 한편 귀찮은 일에 얽히게 되었다는 걸 깨닫고 탄식했다. 확인해주십시오, 하고 경찰은 말했다. 그건 오해입니다, 모조리 거짓말이고 엉터리입니다, 하고 말하려다가 멈칫거렸다. 말은 목구멍을 간질이기만 하다가 사라졌다.

내 마음을 감쌌던 복잡하고 불쾌한 기분도 시체 안치소에서 그 여자의 주검과 마주한 순간 햇볕에 녹아버린 아침 안개처럼 어디론가 싹 흩어져 버렸다. 처음으로 여자의 시선을 느꼈던 날을 떠올렸다. 먼 옛날의 일처럼 여겨졌다.

나는 주검을 잠시 들여다보았다. 여러 가지 일이 있었다. 실제로는 별것 아니던 무수히 많은 기억이 되살아났다.

나는 누워 있는 여자의 뺨에 살그머니 손을 뻗고 나서,

"확실해요, 내 아내가 분명합니다."

하고 알려주었다.

내일의 약속

남자가 꾸벅꾸벅 졸기 시작하던 그 순간 총소리가 울려 퍼졌다. 앞 유리창이 산산조각 나고, 방금 전까지 느긋하게 콧노래를 흥얼거리던 현지인 운전사가 무너져 내리듯 핸들에 머리를 쿵 찧었다. 곧이어 차체가 크게 기울더니 사륜구동 차는 길에서 벗어나 덤불로 돌진하고 밀림 바로 앞에서 옆으로 넘어졌다. 남자의 몸은 차와 함께 한 바퀴 빙그르르 돌며 천장과 문에 부딪친 뒤 좌석에 내동댕이쳐졌다. 유리 파편이 희미한 빛을 반짝이며 여기저기 어지럽게 흩어져 있었다. 누구의 것인지 알 수 없는 피가 바닥에 고였다. 하지만 피 냄새보다는 가솔린 냄새가 짙게 풍겼다. 운전사와 조수석에 앉은 통역의 이름을 불렀지만 대답이 없다. 보닛에서 연기가 피어오른다. 가솔린에 불이 붙기 전에 탈출해야 한다. 세게 부딪친 어깨를 감싸 쥐면서 남자는 필사적으로 윗몸을 일으켰다. 뒤 유리창도 깨져 있고, 그곳으로 불타오르는 차량 행렬이 보였다. 어깨에 멘 진찰 기구로 꽉 찬 가방이 젖혀진 철판에 걸려 남자는 옴짝달싹할 수 없었다. 가방을 떼어내느라 애를 쓰는데 운전사가 피에 젖은 손으로 핸들을 움켜쥐었다. 운전사를 구해주려고 몸을 내밀던 남자의 눈앞에 기관총을 멘 군인들의 모습이 나타났다. 그들은 차량 행렬을 향해 인정사정없이 총을 난사하기 시작했다. 남자는 가방을 있는 힘껏 잡아당기며 뒷문을 열고 뛰쳐나갔다. 가까스로 밀림으로 뛰어 들어간 순간 등 뒤에서 사륜구동 차가 폭발하고, 불길이 하늘로 치솟았다.

여기부터는 아주 위험한 지역입니다, 하고 알려주던 통역의 말이 밀림을 헤매는 남자의 뇌리에 되살아난다. 정부의 힘이 미치지 않는, 폭력과 살육과 암흑이 지배하는 세계죠. 그 중심을 통과해야 난민 캠프에 도착할 수 있습니다. 운전사는 그런 어려움은 한 번도 겪은 적 없다며 코웃음 쳤다. 밀림에는 길이 없었다. 날은 어둑어둑해지고 가시 돋친 유홍초가 다리를 휘감는 통에 앞으로 나아가기가 힘들었다. 설령 무사히 도망친다고 해도 원주민들과 말도 안 통하고 통역도 없다. 의료봉사단 의사라는 걸 설명할 수조차 없다. 어느 쪽으로 가면 좋을지 모르겠다. 어느 쪽에서 왔는지도 기억이 나지 않는다. 자칫하다가는 원래 장소로 돌아갈 위험마저 있다.

희미하게 들리는 물소리를 따라 얕은 내를 조심조심 내려갔다.

울창하게 우거진 숲을 빠져나가니 상상했던 것보다 훨씬 커다란 강이 나왔다. 탁하지만 강의 수면이 반짝이고 있다. 흐름을 따라 강기슭으로 내려간다. 남자는 일찍이 독실한 신자였으나 의대를 졸업할 무렵 종교에 대한 신념이 약해졌다. 날마다 4만 명의 아이들이 굶어 죽는다는 현실을 알고, 신의 존재에 의문을 품었기 때문이다.

기도를 포기한 게 아니라 단지 신을 찾기 위한 여행에 나섰을 뿐이라고 자신을 다독이며 신앙과는 거리를 두었다. 병원에서 일하기 시작한 지 얼마 안 되어 의료 구호 활동 모집 요강을 발견했다. 그리고 어느새 분쟁 지역의 한복판에 서 있었다.

정치적인 이해관계와 아무런 상관없이 활동하더라도 오해를 받거나 공격을 당하거나 납치를 당하거나 살해를 당한다. 그래도 남자는 뭔가에 홀린 듯 분쟁 지역을 끊임없이 돌아다녔다. 만약에 하느님이 있다면? 이 말을 남긴 뒤 숨을 거둔 소년을 잊을 수가 없었다. 하느님이 있는 곳으로 가는 거야? 하고 말하고 나서 죽은 소녀의 일 역시 그렇다. 임상 경험이 부족한 남자에게는 손도 써보지 못하고 죽어가는 사람들의 모습이 너무나도 뼈아프고 충격적인 현실로 다가왔다.

이윽고 남자는 허름한 나루터에 묶여 있는 한 척뿐인 자그마한 배를 발견한다. 배를 조종해본 경험은 없다. 하지만 마냥 이대로 정처 없이 밀림을 떠돌아다닐 수는 없었다. 이 배로 강을 내려가면 사람이 사는 좀 더 안전한 장소로 갈 수 있을 것이다. 조금 떨어진 곳에 오두막이 있고, 문 앞에 총이 세워져 있었다. 잠시 망설였지만 목숨을 부지한 자신의 운을 믿고 배에 발을 들여놓았다. 오두막 문이 열림과 동시에 남자는 묶여 있던 밧줄을 풀고 발로 나루터를 차, 배를 강물 위로 띄웠다. 엔진 작동 스위치를 눌렀지만 꼼짝도 하지 않았다. 한가운데에 수동 장치로 보이는 철사 줄이 있었다. 힘껏 잡아당겼더니 엔진 소리가 울려 퍼지며 보랏빛 연기가 자욱이 피어올랐다. 배가 움직이기 시작했지만 키를 조종하지 못해 강 한복판에서 갈팡질팡했다. 군인이 쏜 총알 몇 발이 배를 아슬아슬하게 비껴 나가 강물 속으로 떨어지고 물기둥이 치솟았다. 남자는 몸을 낮추고 정신없이 키를 조종한다. 하류로 향해야 하는데 배는 강의 흐름을 거슬러서 나아가기 시작했다.

어두운 초록빛 물길이 상류 쪽으로 이어진다. 추격자가 쫓아오는 낌새는 없었다. 강폭은 나아갈수록 점점 좁아지고 울창하게 우거진 밀림이 좌우로 바싹 다가온 느낌이다. 연료가 바닥날 무렵 날이 저물었다. 남자는 배를 손으로 저어서 기슭에 대고, 휩쓸려가지 않도록 강기슭의 키 작은 나무에 밧줄로 묶어 고정했다. 어깨에 걸친 가방 안을 더듬다가 언제 것인지 알 수 없는 기내에서 준 크래커를 찾아냈다. 순식간에 빛이 스러져간다. 빨려 들어가듯, 빛은 어디론가 자취를 감춰버린다. 가만히 응시하다가 주위를 둘러본다. 어두운 초록빛이던 강의 수면은 이제 용암류처럼 절망적인 까만빛으로 변하고 있었다. 물소리 말고는 아무런 소리도 들리지 않는다. 새가 지저귀는 소리, 풀과 나무가 흔들리는 소리조차도. 빛이 완전히 사라지고 물소리만이 도드라진다. 비가 떨어지는 소리 같은 게 아니라 연속적으로 흘러가는 소리. 강물 소리를 이 정도로 진지하게 의식해서 들은 것은 난생처음이다. 빛이 없기 때문에 오히려 강물이 잘 보이는 듯했다.

밤늦도록 눈을 붙이지 못한 탓에 남자는 새벽녘에 깊은 잠에 빠져들었다. 정신을 차려보니 원주민으로 보이는 사내들이 자신을 에워싸고는 따라오라고 손짓했다. 그 가운데 딱 한 사람, 손도끼를 들고 있는 이가 있었지만 위협을 한다는 인상은 없었다.

밀림을 개간한 형태의 부족 마을이 남자의 눈앞에 홀연히 모습을 드러냈다. 새로 지붕을 얹은 움막이 집회장으로 보이는 광장을 둘러싼 형태로 여러 채 세워져 있었다. 남자가 끌려오자 여기저기서 원주민들이 얼굴을 비죽 내밀며 모여들었다. 다들 벌거벗은 거나 다름없는 차림으로 허리 언저리에 천을 둘렀을 뿐이다. 티셔츠와 짧은 반바지 차림의 여자도 있었지만 겨우 몇 명이었다. 손도끼를 들고 있는 사람이 남자 옆에 버티고 서서 꼼짝도 하지 않았다. 다른 이들은 남자를 멀찍이 에워싼 채로 웃고 있었다. 아이가 주뼛주뼛 남자에게 다가와 과일을 건네준 뒤 엄마품으로 부리나케 달아났다. 사람들 사이에서 웃음이 터져 나왔다. 아무래도 살해당하지는 않을 것 같아 남자는 안도했다. 그와더불어 참았던 긴장감이 풀리며 슬픔이 봇물 터지듯 목구멍으로북받쳐 올랐다. 죽은 동료들을 떠올렸기 때문인지도 모른다. 불꽃이 치솟는 차량에는 최근 몇 개월 동안 함께 지냈던 같은 신념을 지닌 의사들이 타고 있었다.

태양이 머리 위로 떠오를 무렵 남자에게 끼닛거리가 제공되었다. 고기도 생선도 아닌 꼬들꼬들한 감촉의 뭔가와 콩도 감자 종류도 아닌 재료가 껄쭉하게 녹아 있는 갈색 액상의 뭔가였다. 음식은 손으로 집어 먹어야 했다. 맛은 없었지만 허기를 달래주기는 했다. 식사가 끝나고 남자는 집회장 정면에 있는 새로 지붕을 얹은 움막으로 끌려갔다. 안은 의외로 널찍했고 흙마루에 노인이몸져누워 있었다. 나이 지긋한 부족 사람 몇 명이 노인을 둘러싸듯 앉아서 지켜보고 있었다. 남자는 노인의 머리맡에 앉으라는명령을 받았다. 노인은 온몸에 구슬땀을 흘리며 부들부들 떨고 있었다. 전형적인 말라리아 증세였다. 괴로움을 참아가며 노인은 남자를 물끄러미 바라보았다. 흐릿함이라고는 한 점도 없는 맑은 눈이었다. 남자는 어깨에 멘 가방에서 청진기를 꺼냈다. 양해를 구하는 듯한 눈길로 장로들의 얼굴을 여유롭게 둘러보고 나서 노인의 가슴께에 청진기를 지그시 갖다 댔다. 손도끼를 든 사람이 당장이라도 쓰러뜨릴 기세로 남자의 어깨를 움켜잡고 성난 목소리를 냈다. 노인은 기침을 하면서도 단호하게 주위 사람들을 말렸다. 온화하지만 설득력 있는 목소리였다. 치켜들었던 손도끼가 천천히 내려갔다. 열이 나서 몽롱한 상태에서도 노인은 위엄을 잃지 않고 누워 있었다. 남자는 진찰을 시작했고, 노인이 말라리아에 감염되었다는 사실을 확인했다. 가방을 다시 뒤적인 뒤 자신이 쓰려고 준비한 키니네를 꺼내 노인에게 주사했다. 주삿바늘을 팔에 찌르는 순간 손도끼를 든 사람은 등 뒤에서 안절부절못하며 이리저리 돌아다녔다. 남자는 어떤 분쟁 지역에서나 진찰을 하는 순간에는 두려움을 느낀 적이 없다.

이튿날 남자는 다시 노인 앞으로 끌려갔다. 풀을 엮어서 만든 잠자리 위에 노인은 태연히 앉아 있었다. 남자는 진찰을 한 뒤 회복되는 중이라고, 노인에게 웃는 얼굴로 고개를 끄덕거리며 알려주었다. 장로들이 남자에게 술을 대접했다. 노인은 온화한 얼굴로 남자를 가만히 바라보았다.

　비가 줄기차게 내리는 탓에 남자는 배당받은 움막에서 꼼짝도 하지 못했다. 빗소리는 들리지 않았지만 새로 얹은 지붕을 타고 바닥으로 떨어지는 물방울 소리는 하루 종일 그칠 줄을 몰랐다. 남자는 노인의 병을 치료해준 덕에 부족 사람들에게 점수를 땄다. 여자들은 과일과 끼닛거리를 부지런히 가져다주었다. 그중에 젊은 여자 하나가 방 청소 등을 해주며 남자를 돌봐주었다. 처녀는 남자를 위해 과일을 깎고 그릇에 담아 남자에게 내밀었다. 과일을 한 조각 집어서 입에 넣는다. 새콤달콤한 맛이 입안 가득 퍼졌다. 임시 진료소에서 외운 이 나라 말로 인사를 했지만 통하지가 않았다.

　도대체 앞으로 어떻게 하면 좋을지 남자는 도무지 알 수가 없었다. 기적적으로 살아남은 걸 기뻐해야 할지, 동료를 잃은 걸 슬퍼해야 할지, 국제비정부기구(NGO) 지부가 설치된 마을까지 어떻게 돌아가면 좋을지 막막하기 그지없었다. 자신이 어디쯤에 있는지조차 모른다는 점이 가장 답답했다. 잠이 오지 않아 빗소리를 들으며 우두커니 있는데, 총격을 받았을 때의 참상이 머릿속에 되살아나 신경이 곤두섰다. 바로 뒤를 달리던 자동차에는 호감을 품은 여의사가 타고 있었다. 털어놓은 적은 없지만 상대도 남자의 마음을 알고 있었다. 남자는 의료 활동을 마무리 지으면 자신의 마음을 고백할 생각이었다.

새벽녘, 비가 그치고 햇빛이 부족 마을을 부드럽게 감쌌다. 남자는 창가에 서서 비에 젖어 함초롬하게 웅크린, 지붕을 새로 얹은 움막을 바라보았다. 나뭇가지로 만든 창틀 안을 뭔가가 소리 없이 휙 지나갔다. 낙엽처럼, 작은 새처럼. 그런데 황금빛을 띠고 있었다. 착시일까? 남자는 서둘러 문으로 다가갔다. 빛이 밤을 몰아내고 있었다. 아직 아무도 일어나지 않았다. 쥐 죽은 듯 고요한 이른 아침의 마을 정경이다. 움막들과 땅바닥은 물기로 촉촉하고, 여기저기 물웅덩이가 생겼다. 남자는 부족 마을을 감싼 숲을 둘러보고 나서 천천히 높다란 하늘 위로 눈길을 돌렸다.

재미나게도 이 부족에게는 성이나 이름 같은 호칭이 존재하지 않았다. 그들은 시선과 눈치와 분위기와 이야기의 연결과 태도와 몸짓과 상황과 영감 등으로 누가 누구에게 이야기하는지, 또는 누가 이야깃거리로 올랐는지를 파악하는 듯했다. 이름이 없는 탓에 개인이 이야깃거리가 되는 일은 좀처럼 없었다. 특정 인물에 대한 소문이나 이야깃거리보다는 부족 마을 전체가 늘 그들 생각의 중심에 있었다.

남자는 마음속으로 노인을 족장, 손도끼를 들고 있는 사람을 경찰이라고 부르기로 했다. 경찰이 휘두르는 손도끼는 이 부족 마을에서 권력의 상징이기도 하다. 경찰은 족장의 장남이다. 그 경찰의 여동생이자 언제나 바지런히 과일을 가져다주는 소녀에게는 아카시아라는 이름을 붙여줬다. 아카시아는 날마다 끼닛거리를 가져다준다. 세계적인 햄버거 체인점 마크가 가슴께에 디자인된 티셔츠를 늘 입고 있다. 남자가 소녀의 티셔츠를 물끄러미 바라보자 아카시아는 무슨 생각인지 그 옷을 벗어버렸다. 감춰둔 부드러운 속살이 불쑥 드러나자 남자는 당황했다. 부족 여자들은 대부분 가슴을 드러내놓고 있다. 남자들 중에는 벌거숭이로 돌아다니는 사람도 있다. 하지만 남자는 소녀의 알몸을 똑바로 쳐다볼 수가 없었다.

저녁에 경찰이 찾아와서 남자의 침상 옆에 아카시아의 잠자리를 마련했다. 남자는 항의했지만 누구와도 말이 통하지 않았다.

아카시아는 남자에게 말을 가르쳐주기 시작했다. 문자가 없는 세계이기에 말은 그다지 복잡하지 않았다. 간단한 만큼 오히려 감각적이며 상상력을 자극했다. 남자가 처음으로 외운 단어는 '나'를 의미하는 말이다. 아카시아는 자신을 가리키며 단어를 소리 내어 말했다. '나'를 외운 다음에는 '너', '너'를 외우고 나서 '우리'. 이렇게 친근한 명사를 하나하나 학습해갔다. 아카시아는 나무를 손가락으로 가리키고 땅바닥을 가리키고 하늘을 가리키고 물을 가리키고 돌을 가리키며 부족의 말을 알려주었다. '아이'를 가리키고 말한 단어가 '아이'를 의미하는 게 아니라 '소녀'였던 적도 있다. 물 긷는 장소에서 일하는 여자들을 손가락으로 가리키고 말한 단어가 '여자'를 의미하는 게 아니라 '어머니'였던 적도 있다. 잘못 외워도 틀렸다고 바로 아는 경우는 없고 소통하는 가운데 조금씩 알아차리고 고쳐나갔다. 명사 몇 개를 외우고 나서 동사 몇 개를 외웠다. 먹다, 마시다, 이야기하다, 잠자다, 일어나다, 웃다, 울다, 달리다, 걷다. 이런 기본적인 동사부터 조금씩. 동사에는 활용형이 몇 가지 있고, 명사에는 단수와 복수의 차이가 있고, 형용사와 부사도 있다. 그런데 흥미로운 건 과거형과 미래형이 없다는 점이다. 그 때문인지 부족에게는 '내일'과 '어제'라는, 문명사회에서 쓰는 중요한 명사 두 개가 존재하지 않았다. 엄밀히 말하면 '오늘'도 없었다.

아카시아는 남자가 팔에 찬 손목시계에 관심을 보였다. 이건 뭐지, 하는 듯한 호기심 어린 눈으로 움직이는 초침을 응시하더니 괴상한 소리를 질렀다. 남자는 손목시계를 풀어서 소녀에게 쥐여주었다. 소녀는 시계를 귀에 갖다 대고 시간의 왈츠를 즐긴다. 신기해하는 표정은 금세 웃는 얼굴로 바뀌었다. 시간을 알리는 초침 소리가 한밤의 정적 속으로 울려 퍼진다.

아카시아는 '내일'이라는 개념을 이해하지 못했다. 남자는 해와 달을 손가락으로 가리키며 내일에 대해 설명했지만 아무리 말해도 시제가 없기 때문에 이해시킬 만한 방법이 없었다. 적도와 가까운 까닭에 계절은 1년 내내 여름이다. 그들은 농사를 짓지 않기 때문에 수확 시기를 신경 쓸 필요가 없다. 먹고 싶은 게 있으면 숲으로 가서 먹잇감을 잡아오거나 식물을 채집해서 생활했다. 태양이 떠오르면 일어나고, 날이 저물면 잔다. 계절감이 거의 없고, 더구나 시간을 관리할 필요가 없는 이곳에서의 생활은 '내일'이라는 개념을 더욱 희박하게 만든다.

내일과 어제가 없는 대신, 먼 미래와 먼 과거를 의미하는 말이 존재한다. 확실한 말이라기보다는 상당히 어렴풋한, 문명인이 쓰는 천국이나 지옥이라는 말에 가깝다. 내일이라는 단어가 없는 탓에 약속과 시기라는 의미도 중요성을 잃어버렸다. 결혼이라는 관습도 꽤나 모호해서 이 부족의 사내들은 아내를 여러 명 거느리고 있고, 아이들은 특정한 가족에게 소속된 것이 아니라 부족이라는 대가족의 자녀였다. 남자가 아카시아의 티셔츠 가슴 언저리를 물끄러미 바라본 건 구혼을 의미했고, 아카시아가 그걸 사랑으로 받아들인 순간 두 사람의 결혼은 성립되었다.

벌거벗은 아카시아는 천진난만함이 빛나는 아이 같았다. 그녀의 표정은 아직 어렸다. 부드러운 몸은 불과 1, 2년 전까지만 해도 아이들과 함께 광장을 뛰어다니던 모습을 상상하게 한다. 티 없이 맑은 웃음이 남자의 고독함을 달래주었다. 그래서 남자는 이 소녀에게 아무리 황폐한 땅이라도 꽃을 피울 수 있는 식물의 이름을 붙여줬다. 난민 캠프 가까이에서 본 꿋꿋하게 뽐내듯 꽃을 피운 아카시아의 이미지와 눈앞의 소녀가 겹쳤다.

남자는 종종 무의식중에 고향 노래를 흥얼거렸다. 어느 날 아카시아가 그 노래를 따라했다. 남자는 아카시아에게 자기 나라 노래를 몇 곡이나 가르쳐주었다.

남자는 강기슭에 서서 강의 흐름을 물끄러미 바라본다. 강을 내려가면 틀림없이 바다가 나온다. 위험 지대는 어둠을 타고 통과하면 된다. 하지만 상상만 할 뿐 실제로 행동에 옮기지는 않는다. 친구와 가족이 걱정하고 있을지도 모른다. 불타오르는 차량 행렬을 떠올려본다. 그 참상이 전해졌다면 남자의 생존을 믿는 사람은 거의 없을 것이다.

아카시아는 남자 옆에서 노래를 부르기 시작했다. 남자의 고향 노래를. 오래된 민요인 탓에 남자에게도 군데군데 이해가 가지 않는 가사가 있었다. 그래도 노래는 계속 불리고, 살아남아 전해지리라. 아카시아는 누구에게 이 노래를 전해줄까?

아카시아가 노래를 부르다 말고 뭔가를 손가락으로 가리켰다. 강물 바로 위에 반짝이는 게 보였다. 스스로 날고 있는 것처럼도 보이고 바람에 날리는 것처럼도 보인다. 빛에 녹아들어 윤곽은 확실하지 않지만 나비처럼 우아하게 날고 있었다. 아카시아는 손가락으로 가리키면서 필사적으로 뭔가를 전하려고 했지만 무슨 말을 하는지 남자는 이해할 수 없었다.

축 늘어진 아이가 옮겨졌다. 엄마로 보이는 여자가 따라와서 뭔가를 부탁했다. 가방 안에는 청진기와 체온계 등 진찰 기구와 의약품 샘플이 조금씩 들어 있었다. 손목시계가 맥박을 재는 데 도움이 되었다. 하지만 부족 사람들의 질병을 모두 고치기에 장비와 약은 턱없이 모자랐다.

말이 통하지 않기 때문에 상대의 표정과 몸짓으로 호소하는 내용을 추측할 수밖에 없다. 왜 소년이 축 늘어져 있는지는 상상하는 수밖에 없다. 그러나 원인을 알아낸 경우에는 더욱더 괴로웠다. 의약품이 없는 탓에 손을 쓸 방도가 없기 때문이다. 키니네 주사액은 족장에게 처방했던 한 통뿐이었다. 키니네 알약은 몇 번 먹을 분량밖에 없다. 의학 지식만으로는 어떻게도 할 수 없다.

그래도 환자들이 자꾸자꾸 남자 앞으로 찾아왔다. 다친 사람, 배가 아파서 괴로워하는 사람 등 발걸음이 끊이지 않았다. 남자는 어찌할 바를 몰랐다. 이런 순간만큼은 의학을 배운 걸 후회했다.

아픔을 누그러뜨리기 위해, 환자의 몸을 쓰다듬거나 근육을 주물러서 풀어주거나 또 몸을 차갑게 하거나 따뜻하게 하는 것 외에는 방법이 없었다. 기적을 일으키지 못하기에 노인을 구했을 때와 같이 열광하는 눈빛은 없었다. 그래도 사람들은 쉴 새 없이 찾아왔다. 아무것도 할 수 없는 자신의 한심스러움에 무력감을 느끼며 우울해했지만 아무리 절망해도 의사로서의 긍지를 버릴 수는 없었다. 그리고 손쓸 도리가 없다는 걸 알아도 환자에게서 도망칠 수는 없었다.

아무것도 해줄 수 없다는 절망은 머지않아 자그마한 희망으로 바뀌었다. 이제까지는 병을 고쳐주는 게 남자의 일이었지만 병을 고칠 수 없는 지금은 사람들의 호소에 가만히 귀를 기울여주는 게 남자의 중요한 일이 되었다. 고치지 못하면 함께 슬픔을 짊어진다. 만약 환자가 세상을 떠나면 남자는 가족처럼 슬퍼했다. 마지막까지 환자 곁에서 시중을 들며 잠도 안 자고 간병을 했다. 그렇게 함으로써 남자는 환자를 격려할 수 있다는 걸 깨달았다. 지금까지와 달리 자신이 할 수 있는 일을 발견했다.

남자나 여자나 그들은 모두 환각 작용을 일으키는 어떤 잎사귀를 껌처럼 씹거나, 건조시킨 것을 둥글게 뭉쳐서 불을 붙여 담배처럼 빨았다. 처음에는 의학 지식이 가로막아서 거부했지만 습격을 당했을 때의 기억으로 괴로운 순간에는 오히려 술보다도 마약 쪽이 남자의 마음을 달래주었다. 환각에 빠져 여자들은 생글거리며 춤을 춘다. 남자들은 나무 밑에 매달아놓은 그물 침대에 누워 마약을 씹으며 낮잠을 즐겼다. 극심한 아픔을 동반하는 질병으로 쓰러진 사람들은 이 마약을 사용해서 통증을 누그러뜨리는 관습이 있었다. 이 잎사귀를 끓여서 우려낸 액체를 마시면 감각이 마비된다. 부족 사람들은 죽음이 다가오면 이 마약에 의존해 현실과 죽음의 경계가 흐릿해진 가운데 숨을 거두었다. 남자는 이 잎사귀를 치료에 사용할 수 없을까 궁리하기 시작했다.

물론 여기서도 하루하루가 흘러가지만 부족 사람들에게 세월이란 감각은 없었다. 남자가 느끼는 시간의 길이와 부족 사람들이 느끼는 시간의 길이는 같지 않다. 그들은 어떤 때든 늘 현재를 살았다. 과거를 결코 뒤돌아보지 않는다는 뜻이 아니라 뒤돌아볼 과거 자체를 이해하지 못한다는 의미다. 따라서 이곳에는 달력 같은 것도 없다. 기억은 있지만 추억에 잠기는 일은 없다. 과거가 없을 리 없지만 그들의 의식 속에서 과거는 현재와 같은 축에 존재할 뿐이다. 그러므로 '죽은 이'는 '현재 죽은 이'가 된다. 지나간 게 아니라 현재도 죽은 이는 계속 죽어가고 있고, 사람들은 죽은 이를 죽어가고 있는 사람으로 치고 마치 살아 있는 것처럼 화제에 올린다. 과거형이 존재하지 않기 때문에 그들은 현재형으로 죽은 이를 이야기했다. 현재형으로 이야기되는 죽은 이는 기억 속은 물론 그리운 추억에도 없다. 죽은 이는 바로 그곳에 있다. 이야기하는 그들의 바로 곁에.

달력이 없는 까닭에 그들의 생활은 계획적이지 못하다. 농작물을 재배하거나 가축을 기르지도 않고 거의 모든 걸 숲에서 구했다. 동식물을 기르고 때가 되면 수확하는 일은 없었지만 그렇다고 해서 그들이 주기를 무시하며 살아가는 건 아니었다. 시간과 달력보다 좀 더 풍부한 주기를 그들은 알고 있었다. 숲이 지닌 자연의 힘과 리듬에 따라 그들은 사냥을 하고 식물을 채집했다. 그들에게는 지혜가 있었다. 어디서 기다리면 사냥감을 잡을 수 있는지 훤히 알았다. 그리고 땅 밑에 숨어 있는 식물의 뿌리를 능숙하게 찾아냈다.

족장은 등심초로 만든 차양 밑에 놓인 의자에 걸터앉아 온화한 얼굴로 사람들을 바라본다. 몸은 쇠약하지만 눈이 유난히 맑은 족장과 시선이 마주칠 때마다 남자는 마음속 깊은 곳을 간파당하는 듯한 경외감을 느꼈다. 부족 마을은 이 노인의 존재 덕분에 하나로 뭉쳐져 통제되고 있다. 몸싸움이나 말다툼이 일어나면 족장은 조용히 자리에서 일어나 다급한 발걸음으로 광장을 가로질러 가, 싸우는 사람들 사이에 끼어들어 훈계를 늘어놓는다. 근육질의 사내들이 움츠러들며 족장의 말에 귀를 기울인다. 남자는 그 모습을 멀리서 바라보고 빙그레 웃었다. 짐승이나, 때로는 인간 집단에서도 강한 수컷이 힘으로 집단을 지배한다. 그런데 이 족장은 힘이 아니라 인품과 영묘한 존재감만으로 사람들을 하나로 모으고 다스렸다. 종교가 없는 그들에게 족장은 절대적인 부족의 아버지이고 신앙의 대상이라고 남자는 생각했다. 달과 바위산과 숲에 뒤처지지 않을 정도로 족장의 존재는 위대하다.

밤이 되면 터져 나오는 헛기침처럼 깡그리 잊고 있던 기억이 꿈에 나타나 남자를 괴롭힐 때가 있었다. 손목시계가 재깍거리는 소리가 원인이었다. 고즈넉한 부족 마을에 정확히 울려 퍼지는 초침 소리가 신경을 건드렸다. 그 소리는 남자의 기억을 두드리고 눈물샘을 자극했다. 남자는 때때로 향수병에 사로잡혀 기분이 안 좋았고 힘이 나지 않았으며 울적했다. 이런저런 기억. 태어나서 자란 마을의 역 앞 풍경. 자동차 공장의 빈터에 늘어선 수많은 자동차. 항구에 대놓은 거대한 화물선. 역 앞의 텔레비전 타워. 역사가 배어 있는 급수탑. 종종 놀러 가던 근처의 어린이공원. 언덕을 깎아 지은 학교 건물. 연인과 입맞춤을 한 정수장. 로프웨이. 산 위에서 바다를 내려다볼 수 있는 전망대. 어머니 품에 안겨 있는 그림과 아버지의 어깨에 올라타고 있는 감촉. 친척 아이들과 강 하구에서 가재를 잡는 광경과 티격태격 싸우며 하루하루를 보낸 추억 등. 까맣게 잊고 있던 이런저런 기억이 끝없이 넘쳐난다. 요리를 하는 어머니와 자동차를 세차하는 아버지의 모습. 시집가는 누나의 뒷모습, 시골 헛간에서 놀 때 맡아본 짚 냄새가 남자의 머릿속으로 꾸역꾸역 몰려와 마음의 벌판에 차곡차곡 쌓였다.

어느 날 족장은 남자가 입고 있는 카메라맨 조끼를 손가락으로 가리켰다. 남자가 벗어서 건네주자 족장은 그 조끼를 입었다. 이어서 족장은 남자가 입고 있는 티셔츠를 손가락으로 가리켰다. 남자가 떨떠름한 표정을 짓자 경찰이 우악스럽게 벗겨냈다. 남자의 희끄무레한 몸이 드러나자마자 광장에 모인 사람들 사이에서 웃음이 터져 나왔다. 누군가는 남자의 신발을 빼앗고 누군가는 남자의 허리띠를 끌러 갔다. 경찰은 남자의 손목에서 반짝이는 시계를 발견했다. 남자는 진료를 할 때 필요하다고 저항했지만 아랑곳하지 않았다. 광장 중앙에서 경찰이 손도끼를 휘두르며 춤을 추었다. 남자는 몸에 걸쳤던 게 죄다 벗겨졌지만 한 치의 흐트러짐도 보이지 않았다. 버릴 수 없던 문명의 자취를 한꺼번에 청산할 수 있었기 때문이다.

어느 날 아카시아가 임신했다고 말했다. 갑작스러운 일이라 당황했지만 그와 동시에 아카시아를 사랑스럽게 여기는 현실 속의 자신과 만날 수 있었다. 그리고 고향을 그리워하는 마음에서 조금은 자유로워질 수 있었다. 아카시아는 소녀에서 사랑하는 한 남자의 여자로 변화하기 시작했다. 현재를 살아가는 남자에게 그녀의 존재는 커다란 구원이었다. 해맑은 웃음은 남자에게 용기를 주었다. 그녀의 존재는 남자의 마음을 채워주었다. 그녀가 웃으면 남자는 기뻤고, 현재라는 순간을 가장 사랑스럽게 느낄 수 있었다.

아침부터 큰북 소리가 끊임없이 울려 퍼지고 점심때가 지나자 어디선가 처음 보는 사람들의 무리가 슬금슬금 다가와 광장 한구석에 자리를 잡았다. 하얀 천 조각이 움막마다 문밖에 내걸리고 광장 한쪽 구석에는 나뭇가지를 모아서 만든 나무배 형태의 성각이 마련되었다. 족장이 움막에서 나와 늘 있던 자리에 앉았다. 바로 앞에 상대편 지도자로 보이는 남자가 버티고 앉아 있었다. 여자아이들은 움막에서 나오지 않았다. 아카시아는 남자의 팔을 붙잡고 떨어지려고 하지 않았다.

경찰이 손도끼를 휘두르자 상대편에서도 마찬가지로 손도끼를 든 전사가 나섰다. 두 사람은 광장의 중심에서 마주 섰다. 둘은 춤을 추는 건지, 싸우는 건지 알쏭달쏭한 용맹스럽고 화려한 동작으로 손도끼를 휘두르기 시작했다. 때때로 손도끼 끝이 닿아서 단단하고 예리한 소리를 냈다. 은빛 시계가 경찰의 손목에서 반짝이고 있었다. 광장 한가운데서 두 사람은 원을 그리듯 춤을 췄다. 족장이 상대편 족장을 향해 뭔가를 말했다. 상대편 족장도 빠른 말투로 대꾸했다. 어지러이 뒤섞이는 말은 광장의 한가운데서 춤추는 두 사람의 속도에 호응해 빨라지고 날카로워지고 드높아졌다. 구경하던 양쪽 부족의 사내들은 마치 스포츠를 관전하듯 열광했다. 평소에는 온순한 부족 사람들이 이때만큼은 딴사람처럼 달라졌다. 격투기 대회 같은 이 소동은 아무래도 축제는 아닌 듯했다. 손도끼를 휘두르는 두 사람의 거리는 점점 더 가까워지고 한복판에서 손도끼와 손도끼가 격렬하게 서로 부딪쳤다. 맞붙어 싸우는 상태가 되었을 때 경찰이 휘두른 손도끼가 상대편 전사의 등을 찍었다. 쓰러지던 적의 전사가 기력을 짜내어 던진 칼 한 자루가 경찰의 배를 직격했다. 두 사람은 피를 흘리며 광장 한가운데서 웅크리고 있었다. 열기는 순식간에 사그라지고 사람들은 움직이지 않는 두 남자를 멍하니 바라보았다. 이것이 그들 세계에서 벌어지는 전쟁이라는 걸 남자는 훗날 깨닫게 된다.

경찰의 죽음을 사람들은 질질 끌지 않았다. 경찰은 사람들의 마음속에서 죽은 게 아니라 죽어가고 있다. 따라서 죽은 사람은 그 순간부터 죽어 있는 상태로 계속 이야기되고 그 인물의 죽음은 살아 있는 사람들의 마음속에서 영원해진다. 누군가가 경찰은 죽어가고 있다고 중얼거린다. 다른 누군가가 죽어가고 있을 뿐이라고 대꾸한다. 경찰과 상대편 전사는 사이좋게 나무배 형태의 성각으로 옮겨지고 불이 붙여졌다. 남자의 품으로 손목시계가 돌아왔다. 남자는 잠시 동안 그 시계를 바라본 뒤 불꽃 속으로 집어던졌다. 배는 밤새도록 불타오르고 기묘하게도 사람들은 우리 편과 적을 가르지 않고 조용히 술잔을 주고받았다.

남자는 잠이 오지 않는 밤, 아카시아가 깨지 않도록 살그머니 광장으로 나가 밤하늘을 쳐다보았다. 손이 닿지 않을까 생각될 정도로 별이 눈앞에 바싹 다가온 느낌이 들었다. 그는 땅바닥에 등을 대고 누워 두 손과 두 발을 쭉 폈다. 그리고 초침이 째깍째깍 지나가는 소리를 떠올렸다. 자나 깨나 공부하던 학창 시절에도, 큰 병원에서 촌각을 다투며 환자를 진료했던 시절에도 남자는 늘 시간의 노예였다. 시계는 수갑처럼 남자의 손목을 단단히 조이고 있었다. 시간에 쫓기며 살아왔던 탓일까, 부족 사람들의 리듬을 따르느라 애를 먹었다. 처음에는 내일과 어제가 없는 생활이 원시적이라고 느꼈다. 하지만 익숙해지자 이렇게 멋진 생활방식은 없다는 생각이 들었다. 과거와 미래에 연연해하지 않는 생활은 일찍이 맛보지 못한 해방감을 안겨주었다.

  아카시아의 배가 점점 불러왔다. 어디선가 아기가 다가온다. 의학 지식으로는 이해할 수 있지만 아카시아의 불러오는 배를 볼 때마다 기분이 이상해졌다. 자신의 처지와 인생의 급격한 변화에 남자는 견딜 수 없는 심정이 되어 갑자기 우울해졌다. 남자가 혼이 빠진 듯한 얼굴로 우두커니 서 있자 족장이 다가와, 괴로운 일이 있을 때는 황금 나비가 사는 숲을 찾아가는 것이 좋다고 권했다. 아카시아가 남자의 손을 잡아끌었다. 몸이 무거운 아카시아의 발걸음이 느려지자 남자는 뒤에서 그녀를 부드럽게 지탱해주었다. 바로 저기, 하고 소녀는 속삭인다. 깊은 숲 속, 길이라고 하기 어려운 길을 두 사람은 걸어 조금 트인 장소로 나왔다. 정면에 커다란 나무가 우뚝 솟아 있다. 어스레한 기운이 감도는 숲인데 유독 그 나무에만 여릿한 햇살이 비친다. 처음 봤을 때는 노랗게 물든 은행나무라고 생각했다. 소녀는 위쪽을 손가락으로 가리켰다. 그러더니 저기 있어, 하고 말했다. 어디, 하고 남자가 물었다. 소녀는 괴로움을 잊게 해주는 나비라고 설명했다. 남자는 시선을 모아서 키가 큰 나무를 쳐다보지만 나비는 보이지 않았다. 나한테는 안 보인다고 남자가 중얼거린다. 그러자 소녀는 몇 발자국 뒷걸음질 치고 나서 전체를 바라보라고 말했다. 남자는 흉내 내듯 물러섰다. 그 순간 바람이 불지도 않았는데 눈앞의 키 큰 나무가 흔들렸다. 이파리라고 생각했던 게 모두 나비였다. 몇 만 아니 몇 십만 마리의 나비 떼였다. 셀 수 없을 정도로 많은 나비들이 접었던 날개를 한꺼번에 펼쳐 보였기 때문에 키 큰 나무는 안쪽부터 반짝반짝 빛났다. 나비가 날갯짓을 하자 기묘한 소리는 숲 전체를 감싸고 공기는 요동치고 남자의 고막은 떨렸다. 그리고 키 큰 나무는 스스로 흔들렸다. 황금 나비가 일제히 나뭇가지 끝에서 날아오르자 하늘은 순식간에 가려지고, 반짝이는 비늘 모양의 가루가 비처럼 우수수 떨어졌다. 소녀는 남자에게 딱 달라붙어 있고, 남자는 눈앞에서 일어나는 광경을 하염없이 바라본다.

부족 여인들의 도움으로 아카시아는 분만 의식을 치렀다. 남자는 움막에서 쫓겨나 다른 사내들과 함께 광장 한구석에서 기다렸다. 족장이 남자에게 술을 대접했다. 족장의 움푹 파인 안구 중심에서 두 눈동자가 조용히 숨을 쉬고 있었다. 아기의 울음소리가 부족 마을에 울려 퍼졌을 때 남자는 눈물을 쏟았다.

아이가 무럭무럭 자라고 조금씩 말을 터득해간다. 어느새 걷기 시작하더니 눈 깜짝할 사이에 뛰어다닌다. 남자는 딸의 나이를 헤아리지 않았다. 나이를 신경 쓰는 사람은 이 부족에는 없다. 그저 걷기 시작했을 때와 뛰어다니기 시작했을 무렵이 중요할 뿐이다. 따라서 다른 아이와 비교당하는 일도 없다. 여기서는 누구나 태어났을 때부터 자기만의 시간을 가진다.

남자는 부족의 방식에 따라 딸의 이름을 붙이지 않기로 했다. 딸이 이름이 없어 이곳에서 불편함을 느낄 일은 없다. 이름이 없기 때문에 강요받는 듯한 개성이나 책임도 생겨나지 않는다. 이름이 없기 때문에 극단적인 경쟁도 없다. 이름이 없기 때문에 개인적인 차별은 존재하지 않는다. 모두 하느님의 아이로 자연스럽게 살아가고 자연스럽게 죽어갈 뿐이다. 개인적인 열등감이나 문명사회에서 존중받는 개성이라는 걸 그들에게 설명해봤자 비웃음당할 뿐이라고 남자는 생각했다. 광장을 이리저리 뛰어다니는 자신의 피를 이어받은 딸을 바라보면서 남자는 개성이라는 말로 사람과 사람을 구별하려고 한, 예전에 살던 세상을 미숙하다고 생각했다. 개성은 태어났을 때부터 모든 사람에게 존재한다.

이런 단절된 세계에도 문명의 물결은 밀려 들어왔다. 그들에게는 가위가 있고, 티셔츠와 반바지도 있다. 그 밖에도 삽, 양동이, 전등이 있다. 어떤 경로로 그 물건들이 이 부족 마을에 들어왔는지는 모른다. 길도 닦여 있지 않고 밀림에 둘러싸여 산들이 세상과 부족 마을을 가로막고 있어도 문명은 전파된다. 남자는 문명사회에서 들어온 편리한 도구들을 두려워했다. 이런 도구가 순박한 이 하느님의 나라 사람들을 죽이지는 않을까 상상하면서 말이다.

경찰의 손도끼를 물려받은 족장의 차남은 남자가 오고 나서 치러진 두 번째 전쟁에서는 이겨서 살아남았지만 세 번째 전쟁에 나가서 죽는다. 평소에는 얌전하던 이들이 몇 년에 한 번꼴로 왜 이런 무익하고 야만스러운 행위를 하는지 남자는 도저히 이해할 수가 없었다. 이기고 지고와 상관없이 죽지 않아도 될 사람이 죽어가는 문명사회의 전쟁과 조금도 다를 바가 없었다. 희생양을 바치는 고대의 의식과 같은 것이라고 남자는 짐작했다. 그들은 죽음을 인생의 끝이 아니라 오히려 다음 세상으로 가는 입구처럼 생각했다. 싸우다가 명예롭게 죽는 건 하느님의 나라로 초대되어 가는 거라고 이야기했다. 이들의 필요악, 아니 희생으로두 부족은 더 큰 다툼 없이 관계를 유지하는 걸까? 적이라도 죽으면 너나 할 것 없이 모두 다 죽은 이를 기렸다. 전쟁에서 이기든 지든 응어리가 남지 않는 것 역시 이 세계에 '내일'과 '어제'가 없기 때문 아닐까? 잔혹한 관습이지만 동물의 세계에서 새끼를 죽이는 습성과 비슷한 점이 있다고 남자는 생각했다.

어느 날 아침, 계곡에서 커다란 폭발음이 울려 퍼지더니 이윽고 땅이 흔들렸다. 부족 마을에서도 자욱이 낀 검은 연기가 선명하게 보였다. 동물들의 울음소리가 끊이지 않았고, 움막에서 나온 사람들이 웅성거렸다. 남자는 부족 사내들과 함께 검은 연기를 향해 갔다. 사고 현장에는 커다란 구멍이 뚫려 있었다. 추락한 소형 수송기로 보이는 파편이 어지럽게 흩어져 있다. 생존자는 없었다. 탑승자는 조종사 외에 몇 사람이 더 있었다. 부족 사람들은 그들을 땅에 묻었다. 쏟아진 짐이 주변 여기저기에 흩어져 있다. 남자는 그 가운데 하나를 집어 든다. 작은 상자의 내용물은 두께 0.01밀리미터의 콘돔이다. 부족 사내들은 그걸 불어서 풍선으로 만든다.

아카시아는 쉴 새 없이 아이를 낳았다. 큰딸이 뛰어다닐 무렵에는 그 밑으로 아이 둘과 갓 태어난 아기가 있었다. 이어지는 아카시아의 출산 때문에 남자는 문명사회에 돌아갈 시기를 자꾸 놓치고 말았다. 아카시아에게 아이들과 함께 자신의 조국으로 가자고 제안한 적이 있다. 아카시아는 바로 동의했지만 그녀는 문명사회가 어떤 곳인지 상상조차 못하리라. 남자는 아카시아와 아이들이 남자의 조국에서 적응하지 못하고 힘겨워하는 모습을 상상했다. 조국의 사람들은 호기심 어린 눈으로 우리를 바라볼 것이다. 무엇보다 시간이라는 걸 알지 못하기에 아내와 아이들은 날마다 눈이 팽팽 돌아갈 정도로 빠른 리듬을 따라갈 수 없을 것이다. 높은 산에서 자라는 식물은 해발이 낮은 도시에서 꽃을 피우지 못하는 것과 마찬가지 원리다. 아카시아는 마음의 병을 지독히 앓으며 꽃과 풀이 시들어가듯 죽어갈 것이다.

남자는 자신이 몇 살인지 모른다. 스물일곱에 이 나라에 들어왔다. 차량이 습격당했을 때는 스물여덟 살 생일에서 석 달 더 지났을 무렵이었다. 딸이 성장하는 모습으로 추측해볼 때 그 뒤 10년 정도의 세월이 더 흘렀을 것이다. 그 세월이 긴지 짧은지 남자는 점점 알 수 없게 되었다. 여기에 온 게 바로 어제 일 같기도 하고, 시간이 한참 흐른 것 같기도 하다. 조국에서 보낸 나날은 마치 전생에서의 일처럼 아득하다. 최근에는 시간의 흐름과 하루하루의 일과 세월의 변화를 의식한 적도 거의 없었다. 생각했다고 해도, 거기에 도대체 어떤 의미가 있을지를 생각할 뿐이다.

문명사회에서 부족 마을로 사람들이 찾아왔다. 동물의 생태를 연구하고 조사하는 학자 일행이었다. 남자도 놀랐지만 학자들은 훨씬 더 놀란 듯했다. 남자를 발견했을 때 그들이 놀라서 짓던 굳은 표정은 가히 볼만했다. 미지의 땅에서 문명인이 살아간다는 건 그들에게 상상조차 하지 못할 일이다. 통역하는 사람이 있었지만 그 통역조차 이 부족의 언어를 할 줄 몰랐고, 숙련된 안내원도 이 지역에 들어선 게 처음이었다. 남자는 학자들과 악수를 나눈다. 잊고 있던 말로 이야기를 했다. 학자들은 국적이 각각 달랐지만 그들은 모두 '영어'를 할 줄 알았다. 언어가 통하는 순간 문명의 향기와 잊어버렸던 고향에 대한 그리움의 냄새를 맡았다. 그건 황야를 걷고 있는데 자기 앞뒤로 별안간 길이 생겨난 듯한 기묘한 감각이었다. 문명사회의 생생한 언어가 남자의 귀를 홀린다. 족장은 남자와 학자들이 대화를 나누는 모습을 주의 깊게 바라보고 있었다. 남자는 부족 사람들에게 그들을 소개했다. 위험한 사람들이 아니라는 점과 이 주변 동물의 생태를 조사하러 온 사람들이라는 점을 말이다. 족장은 학자들을 남자가 사는 세계의 친구로서 환영하고 머무를 움막을 제공했다.

학자들이 이름을 물어서 남자는 알려주려고 했다. 그런데 자신의 이름과 일찍이 가족과 동료들이 불러주던 애칭을 입에 올리려는 순간 기묘한 감각에 사로잡혔다. 혀의 감촉이라고 할까, 한 번도 먹어본 적 없는 감촉의 요리를 입에 댄 듯한 느낌이었다. 맛이 있고 없고와 상관없는 그 이전의 감각처럼. 남자는 자신의 이름을 몇 번이나 되뇌며 기억을 더듬어갔다. 여러 가지 추억이 순식간에 남자의 머릿속에 맴돌았다.

남자는 학자들에게 지금까지의 경위를 간단하게 설명했다. 자신이 인도적인 지원 단체에서 파견된 의사라는 사실. 난민 캠프로 이동하던 중에 차량이 공격을 받았던 사건. 필사적으로 도망쳐서 여기에 다다랐다는 사연. 어느 여자 학자가 너무 불쌍하다고 말하며 눈물을 글썽였다. 책임자로 보이는 학자가 우리와 함께 돌아가자고, 분명 가족과 당신네 나라 사람들은 걱정하고 있을 거라는 지극히 당연한 말을 했다. 그들은 군사독재 정권이 무너져서 위험 지대는 거의 없고, 그 덕분에 이렇게 자신들도 조사를 할 수 있게 되었다고 덧붙였다. 강대국이 힘을 합쳐 단숨에 군사독재 정권을 굴복시켰습니다. 피를 많이 흘렸지만 마침내 군사독재 정권은 쓰러지고 테러의 온상은 사라졌습니다. 지금은 임시정부가 민주적으로 국가를 운영하고 있습니다. 이 지역도 앞으로 틀림없이 점점 더 좋아지겠죠. 어제보다도 오늘이, 그리고 오늘보다도 내일이……. 남자는 그들이 무슨 이야기를 하는지 이해할 수가 없었다. 국제연합과 임시정부는 이 근방을 국제적인 동식물 자연보호구역으로 지정하려 합니다. 세계유산으로 뽑힐 가능성도 있어요. 우리는 그 때문에 조사를 하고 있는 거랍니다. 이 지역의 내일은 분명 멋진 나날이 될 겁니다.

남자는 신중해져야 했다. 문명이 밀어닥치면 부족은 어떻게 될까 생각했다. 아무래도 지금 상태를 유지하는 건 불가능하리라. 시간이라는 개념이 들어오면 문명의 힘이 위력을 발휘할 것이다. 그사이에 사람들이 이름을 갖게 되고, 내일의 약속에 농락당하고 전혀 다른 가치관은 그들의 순박함을 앗아갈 것이다. 편리해지는 만큼 문명사회에서 일어나는 추악한 문제도 발생할 것이 틀림없다. 남자는 신중하지 못한 말은 내뱉을 수 없었다. 학자들 가운데 나쁜 사람은 하나도 없었다. 하지만 그들이 이 낙원의 존재를 바깥 세계에 전함으로써 잘못된 생각을 지닌 사람이 이리로 들어올 건 뻔했다. 남자는 괴로워하고 갈등한다. 느닷없이 기억이 흔들리고 문명사회가 지닌 모든 악행이 떠올랐다. 아마도 이 사람들은 절대로 문명에 순응하지 못할 것이다.

학자들은 부족 마을에 머무르며 조사를 계속했다. 그사이에 그들은 틈만 나면 남자를 설득했다. 어쩔 수 없는 운명 때문에 거의 강제로 이곳에 끌려온 뒤 꿈에서조차 본 적이 없는 여자와 부부의 연을 맺게 되었다. 저항할 수 없는 힘에 이끌려 도달한 세계이지만 남자는 행복을 느끼고 있다. 조국의 사람들은 저를 걱정하고 있겠지만 그로부터 긴긴 세월이 흘렀습니다. 그사이에 저의 사고방식과 삶의 방식도 달라졌어요. 이제 와서 고향에 돌아간다고 해도 잘 살아갈 자신이 없습니다. 그렇게 말하자 다른 학자가 그래도 일단은 돌아가는 편이 좋지 않을까요, 하고 말했다. 일단 돌아가서 모두에게 살아 있다는 걸 알리고 난 뒤 다시 돌아와도 늦지 않습니다. 안 그러면 계속 걱정하며 지내는 가족이 불쌍합니다. 아니면 이참에 부인과 자녀를 데리고 조국으로 돌아가도 되지 않나요, 하고 또 다른 학자가 말했다. 남자는 힘없이 고개를 가로저었다. 모르겠습니다. 나는 모든 게 불가능하다고만 생각됩니다. 조사단이 돌아가기 전에 결론을 내려야 했다. 이 기회를 놓치면 언제가 다음이 될지 모르기 때문이다.

남자는 한참 고민한 끝에 학자들의 제의를 거절하고 부족 마을에 남기로 결심한다. 조사단 사람들의 표정이 굳어지더니, 그래도 우리는 당신 나라 정부에 당신이 이곳에 살아 있다는 걸 전해야 합니다, 하고 말했다. 당신 소식을 들으면 가족과 친구들도 조금은 걱정을 덜게 될 테고 어쩌면 그러다 누군가 어떤 행동을 하게 될 가능성도 있습니다. 정부에서든 아니면 누구든 당신을 설득하러 이리로 찾아올지도 모릅니다. 그때 다시 한 번 이야기해 보세요. 봉사활동을 벌이다가 사고를 당했기 때문에 정부도 나 몰라라 할 수만은 없을 겁니다. 당신이 소속된 국제비정부기구도 가만히 손 놓고 있지는 않겠죠. 무엇보다 여기에 당신이 생존하고 있지 않습니까. 더구나 우리는 그 사실을 알아버렸습니다. 우리는 사실을 전해줄 의무가 있습니다. 당신이 여기에 남고 싶은 의지가 강하다면 아무래도 직접 당신 입으로 전하는 편이 좋지 않을까요.

다섯째 아이가 떠듬떠듬 말을 하기 시작했을 때 큰딸은 임신 중이었다. 아카시아의 뱃속에는 여섯째 아기가 자라고 있었다. 셋째 아들은 말라리아에 걸려 죽었다. 고열에 시달리며 괴로워하는 아들을 살릴 수 없음에 남자는 슬퍼했다. 하지만 그 슬픔은 이튿날에는 옅어져 있었다. '죽은 아들'은 '죽은 채로 계속 살아 있기' 때문이다. 마찬가지로 경찰 역시 죽은 채로 아직도 계속 살아가고 있다. 아들과 경찰에 대한 이야기를 하면 다들 마치 그곳에 그들이 살아 있는 듯 말했다. 과거형이 없기 때문에 정말로 살아 있는 듯한 느낌이다. 경찰을 모르는 큰딸까지 때때로 '보고 싶었다'가 아니라 '보고 싶다'고 현재형으로 말한다. 아이가 태어나는 숫자만큼 사람은 죽어간다. 하지만 아무도 슬퍼하지 않았다. 죽는 것이 멋지다고 생각한다. 누구든 죽음을 영광으로 여긴다. 흡족한 마음으로 죽을 수 있다면 그것이 가장 행복한 일이다.

언젠가 육체를 벗어던질 때가 온다, 그게 늦느냐 빠르냐의 차이일 뿐이다, 라고 족장은 주장했다.

그런 족장이 세상을 떠나자 사람들은 큰북을 울리고 밤을 새워 춤을 추었다. 이 부족 마을에서는 살아 있는 신과 같은 존재였다. 그가 죽었다는 사실은 이 부족 마을이 또 한 걸음 하느님의 세계로 다가가고 있다는 걸 의미했다. 슬퍼하는 게 아니라 모두 위대한 죽음을 기쁘게 받아들이며 환하게 웃고 있었다.

족장은 어디로 갔느냐고 장로 가운데 한 사람에게 물었더니 그는 여기에 있다, 다만 보이지 않을 뿐, 이라고 대답했다.

문명사회가 그 뒤 어떻게 변화했는지 남자는 모른다. 조사단은 남자가 생존해 있다는 걸 반드시 전해주겠다는 말을 남기고 돌아갔다. 하지만 그 뒤 아무도 남자를 찾아오지 않았다. 어떠한 소식도 없었다. 조사단은 돌아가는 길에 어떤 사고를 당했을지도 모른다. 어쩌면 수색대가 파견되었지만 이 부족 마을을 발견하지 못하고 되돌아갔을 가능성도 있다. 극단적인 상상을 해보면 새로운 전쟁이나 테러로 세계의 가치관과 기준이 남자는 상상조차 하지 못할 정도로 극심하게 변했을지도 모른다. 그래서 남자를 찾아 나설 경황이 없는 건지도. 강대국이 만든 틀이 무너졌거나 어쩌면 강대국 그 자체가 멸망했거나 대규모 전쟁이 발발했거나. 상상조차 하지 못할 정도로 괴멸적인 사태가 지구상에 벌어졌을 가능성도 있다. 하지만 그건 시간에 속박당하는 세계에서 생긴 일일 뿐이다.

여기서는 아침마다 새가 아름답게 지저귀고 화창하게 갠 파란 하늘이 펼쳐지며 황금 나비가 우아하게 부족 마을 위를 날아다닌다. 사람들은 과거와 미래에 사로잡히지 않고 현재를 평화롭게 살아간다. 그는 조용히 늙어가고 어느 날 사람들의 추대를 받아 이 부락의 족장이 된다. 남자는 이제 괴로워하거나 거부하지 않았다. 흐름을 따르고 받아들이기만 한다. 그리움은 있지만 후회는 없다. 희망은 있지만 기대는 전혀 하지 않는다. 그저 현재라는 순간이 남자의 눈앞에 놓여 있을 뿐이다.

비둘기 게임

눈부신 햇살에 남자는 잠에서 깨어났다. 탁상시계가 고장 나 지금이 몇 시인지는 모른다. 구형 텔레비전을 켜니 국경을 경비하는 장갑차의 영상이 비쳤다. 텔레비전은 화면 상태도 안 좋은데 소리까지 먹통이다. 낯익은 얼굴의 남자가 신기한 생김새의 군인들 앞에서 연설을 하고 있다. 하지만 무엇을 힘주어 말하는지 남자는 알지 못한다. 커피를 끓인다. 발을 질질 끌면서 화장실에 가서 오줌을 눈다. 오줌을 눈 다음에는 으레 커피를 마시는 버릇이 있지만 정해져 있는 건 아니다. 냉장고 안에서 요구르트를 꺼내 마셨다. 그리고 비스킷 하나. 오렌지주스 약간. 커피를 다마시고 텔레비전을 끄고 남긴 요구르트를 버린다. 사용한 접시와 컵을 개수대에 놓은 뒤 남자는 창문으로 얼굴을 비죽 내밀고 광장을 바라보았다. 한복판에 자리 잡은 분수 바로 옆에서 국기가 펄럭인다. 하지만 국기에는 흥미가 없다. 남자가 보고 있는 건 바람. 국기를 펄럭이는 바람이다.

담배가 떨어져 사러 나갔다. 모퉁이 담배 가게에서 늘 피우는 외제 담배 한 갑을 사서, 광장 벤치에 앉아 한 개비 피워 문다. 길바닥 한구석이 들릴 것 같을 정도로 빛을 반사하고 있다. 낡은 거리를 표백하는 아침 햇살. 지하철역에서 빠져나온 사람들이 반짝거림 속으로 오간다. 몇 십 년이나 봐온 익숙한 광경이다. 거리 모습은 변함이 없고 사람만 바뀌어간다. 일찍이 그 틈바구니 속에서 남자는 아내와 만났다. 모든 감상은 망각의 한가운데에 있다. 내뱉은 보랏빛 연기와 함께 추억은 움직이기 시작한다.

줄줄이 지나가는 사람들보다는 가로수 껍질의 복잡한 무늬에 눈길이 머문다. 가로수를 누비며 사람들이 걸어간다. 움직이지 않는 것과 스쳐 지나가는 것이 교차한다. 그 눈 깜짝할 순간이 아름답다. 누군가와 어딘지 비슷한 이가 가로질러 지나가는 걸 보는 건 비참하다. 어딘가에서 본 누군가가 아련하게 사라져간다. 빼면서 더하는 듯한 인생을, 나아가면서 물러서거나 피하면서 부딪치거나 하며 걸어왔다. 정신을 차리고 보니 사람들은 모두 무슨 까닭인지, 다시 같은 길로 애써 돌아온다.

바람이 거세지고 광장 한복판에서 국기가 더욱 힘차게 나부낀다. 아무도 보지 않는 높이에서 펄럭거리는 위엄, 아래쪽에 사는 사람들은 무시할 자유가 있다. 날아온 신문지를 주워 춤추는 문자를 더듬더듬 읽으니 잃어버린 텔레비전 음성이 들리는 듯한 기분도 든다. 모든 사건을 둥글게 뭉쳐서 쓰레기통에 던져 넣는다. 떠들썩함도 침묵도 다 귀찮다. 떨어뜨린 담배꽁초를 신발 바닥으로 비벼 끈다.

비둘기 한 마리가 발밑에 있다. 이 부근에서는 본 적이 없는 새로운 얼굴이다. 깃털이 희미하게 분홍빛을 띠고 있다. 너무 살찌지도 마르지도 않은, 유려한 곡선을 지닌 쑥 내민 가슴에서 풍기는 기품과 아름다움, 길게 뻗은 깃털의 낭창낭창함, 몸 전체가 빚어내는 그 요염함에 무심코 그만 마음을 빼앗겼다. 잡으려고 엉거주춤한 순간 비둘기가 날개를 파닥거렸다. 햇살이 망막을 찔러 눈앞이 보이지 않는다. 날아오른 비둘기는 나부끼는 국기 바로 옆을 빠져나가 광장 반대쪽으로 향한다. 교회 종소리가 장엄하게 울려 퍼지고 그 자리에 꼼짝 않고 선 채로 사라진 비둘기의 행방을 언제까지나 생각했다.

남자는 광장에 면한 카페에 들른다. 사람들과 뒤섞여 마치 영화라도 보는 듯한 자세로 같은 방향, 즉 광장 쪽을 향해 나란히 앉아 마찬가지로 다리를 꼬고 커피를 홀짝거렸다. 쓸쓸함을 달래려는 것도 아닌데 무슨 까닭으로 날마다 사람들 사이에 일부러 비집고 들어가는지 이 습성이 성가시기만 하다.

광장 주위에는 비슷한 카페가 몇 군데나 있다. 모든 자리가 교회의 빈터 일부 같은 이 광장 ─ 실제로는 공공의 것이지만 ─ 을 향해 늘어서 있기 때문에 자연스레 다들 같은 방향을 바라본다. 그

규칙성에 불평을 터뜨리는 이는 없다. 공간이 있는데도 구태여 어깨를 나란히 하고 있는 신기함. 광장이 눈앞에 있는데도 광장을 보는 사람은 별로 없다. 대부분 신문을 읽거나 책을 보거나 누군가와 이야기하고 있다. 광장은 현재를 살아가는 사람들이 태어나기 훨씬 전부터 줄곧 그곳에 있었고 그런 까닭에 다들 아예 관심을 두지 않았다. 남자는 광장 한복판에서 한가롭게 떼 지어 모여 있는 비둘기 쪽이 훨씬 자유롭지 않은가 생각한다.

분홍빛 비둘기의 행방을 생각하면서 남자는 분수에서 물이 일정한 간격으로 뿜어져 나오는 모습을 바라본다. 태양 때문에 돌이 깔린 광장에는 나무 그늘 조금을 빼고는 응달이 없다. 가까이에 사는 노인들이 그 나무 그늘을 점거하고 서서 이야기를 한다. 학생들이 분수 옆에서 책상다리를 하고 멍하니 시간을 보낸다. 양복 차림의 신사가 신문을 겨드랑이에 끼고 잰걸음으로 건너간다. 유모차를 미는 아이 엄마는 눈부신 햇살에 눈을 가늘게 뜨고, 지팡이를 짚은 할머니는 발 언저리를 더듬어가면서 거북이처럼 느릿느릿 이동한다.

이런 그림엽서 같은 풍경 속에서 남자는 언제나 자신의 부재를 확인하고, 그리고 안도했다. 우체통에 그림엽서를 집어넣으면 누구든 잠시 동안 세상의 한 구성원이라는 걸 인식한다. 그림엽서가 소도구에 지나지 않듯 세상이란 아마도 겉보기에는 진실하면서도 동시에 거짓일 수 있는 명제와 같다.

남자는 꾸벅꾸벅 졸았다. 머리 숱이 적어진 남자의 뒤통수를 태양이 쨍쨍 비추었다. 꿈은 꾸지 않았다. 이미 오랫동안 꿈은 꾸지 않는다. 언제부터 꿈을 꾸지 않게 되었을까? 남자 자신도 이제는 떠올릴 수 없을 정도로 오래전부터.

기분 좋은 졸음에서 깨어나도 꿈같은 현실이 기다리고 있는 까닭에 언제 어느 순간에 현실과 접속할 수 있는지조차 모호한 상태다. 꾸벅꾸벅 졸았던 것조차 바로 잊어버린다. 어쩌면 그것도 행복의 일부분일지 모르지만 말이다.

태양의 위치를 보면 시간이 가까워온다는 걸 알 수 있다. 남자들의 대화가 들린다. 먼 나라에서 일어나는 전쟁에 대한 이야기 같다. 당신은 어떻게 생각하느냐고 등 뒤에서 의견을 재촉하는 듯한 기분이 들었다. 남자는 옆에 앉은 신사의 손목시계를 훔쳐보고 낮 12시가 조금 지난 걸 확인했다. 계산을 하고 자리에서 일어선다. 지하철역이 있는 교회 뒤편에서 사람들이 우르르 다가온다. 다들 목적지가 있다. 곁눈질도 하지 않고 씩씩한 걸음걸이로 돌진해온다. 그 한복판에 남자는 꼼짝 않고 서서 손으로 햇빛을 가렸다. 비둘기가 머리 위를 스치듯 날아간다. 남자는 고개를 움츠리고 불쾌한 듯 응시한다. 분홍빛 깃털을 지닌 비둘기. 빛에 동화하면서 파란 하늘로 사라졌다.

남자는 의족을 질질 끌면서 달렸다. 인도를 가로질러 갈 때 지나가는 사람과 부딪쳤다. 의족이라는 걸 알면 지나가는 사람은 화를 꾹 누른다. 남자는 건물 그늘 속으로 뛰어 들어갔다. 낡은 엘리베이터 안에서 숨을 고르며 꼭대기 층에서 내렸다. 그 비둘기가 어디로 가버렸는지가 유일한 걱정거리다. 저 비둘기를 키우고 싶다, 저 비둘기를 내 것으로 만들고 싶다. 별난 초조함이다.

창문으로 얼굴을 삐죽 내민다. 광장 상공에는 아직 커다란 움직임이 보이지 않는다. 고장 난 탁상시계를 치우고 안쪽 작은 상자에서 손목시계를 꺼내 움직이는지 확인한 뒤 주머니에 집어넣었다. 아내의 방문을 두드렸지만 대답이 없었다. 남자는 분홍빛 비둘기 이야기를 들려주려고 했다. 하지만 손잡이를 돌릴 용기는 없었다. 곰곰 생각해도 어찌해야 좋을지 모르겠다. 그게 언제부터일까, 남자는 이제 떠올릴 수 없다.

남자는 포대를 짊어지고 옥상으로 나갔다. 파란 하늘이 뚜껑을 덮고 있다. 포대를 일단 옥상 한가운데 내려놓고 난간에서 광장을 내려다봤다. 아까 본 카페와 분수, 가로수, 교회가 보인다. 아직 그늘에는 노인들이 있고 국기가 펄럭이고 있다. 교회 옆에 철물점, 북쪽에 빵집 건물. 저편 옥상에서 이쪽을 향해 손을 흔드는 풍채 좋은 인물이 철물점 주인이다. 아무래도 오늘은 아들과 함께 있는 모양이다. 아들은 아버지가 하는 일에 뭐든지 흥미를 보인다. 머지않아 그 아들이 아버지의 뒤를 이어 이곳의 제공권을 쥐게 될지도 모른다. 북쪽 건물 옥상에 빵집 주인의 모습이 보이지 않는다. 잔소리 심한 빵집 부인이 일할 시간에 가게를 빠져나가는 남편에게 마구 고함쳐 대고 있을 게 분명하다. 남자는 포대에서 모이를 꺼내 비둘기장에 뿌렸다. 들어가지 못한 비둘기가 그 주변에 잔뜩 있어 옥상은 혼잡했다. 분홍빛 비둘기는 없다. 그 아이는 도대체 어디에서 온 걸까? 철물점 주인도 빵집 주인도 그 비둘기의 존재를 아직 알아차리지 못했으면 좋겠지만 말이다.

81, 82, 83. 남자는 비둘기의 숫자를 헤아린다. 다시 한 번 헤아린다. 비둘기 83마리가 옥상에 있다. 실망스러운 숫자는 아니다. 요즘은 번번이 80마리 정도가 돌아온다. 100마리를 넘었던 적도 몇 번인가 있었다. 최고는 156마리. 재작년, 기온이 40도를 넘었던 무더운 날의 일이다. 최근 십 몇 년을 통틀어 가장 많은 숫자다. 남자는 그때의 흥분을 돌이켜 음미하면서 시간이 되기를 기다렸다. 비둘기는 바닥을 콕콕 두드리며 모이를 쪼아 먹는다. 옥수수, 빵가루, 여러 가지 곡물을 섞은 특제 모이. 자, 먹어. 그리고 이 맛을 기억했다가 나중에 여기로 돌아오면 돼.

빵집 주인이 옥상에 모습을 드러냈다. 시간에 쫓겨 손을 흔들 여유도 없이 허둥지둥 비둘기장에 모이를 뿌리기 시작한다. 열량이 낮은 모이를 주어야 높이, 멀리까지 날아갈 수 있다. 그의 등 뒤에는 부인이 서 있었다. 아무래도 잔소리를 하는 모양인데 빵집 주인이 팔을 휘두르는 것과 동시에 몇 마리가 날개를 파닥거렸다. 부인도 지지 않고 두 손을 펼쳐 항의하지만 빵집 주인은 더는 상대해주지 않는다. 교회 종소리를 신호로 비둘기는 집에서 이륙한다. 빵집 주인은 싸움을 할 여유가 없다.

남자는 비둘기 무리의 우두머리를 잡았다. 분노하는 가슴, 커다란 비둘기다. 남자는 그 비둘기에게 죽은 아버지의 이름을 붙였다. 남자의 아버지는 살아 있을 때 이 근방에 건물 몇 채를 갖고 있었다. 아버지가 세상을 떠난 뒤 그 대부분을 잃고, 남은 건 그가 살고 있는 낡은 건물뿐이다.

남자는 다리를 감싸면서 비둘기장에 올라가 한쪽 팔로 광장 쪽으로 면한 보금자리의 문을 추켜올려 모두 열었다. 우두머리 비둘기를 가슴 높이로 가져갔다. 비둘기들이 우두머리를 쫓아가기 쉽도록 높이 멀리 놓아주어야 한다. 남자는 우두머리 비둘기에게 뺨을 비비댔다. 자, 잔뜩 몰고 와라. 비둘기는 하늘을 노려보며 때를 기다린다.

광장 끝, 철물점 주인은 건물 난간에서 진을 치고 있다. 빵집 주인도 커다란 몸집을 흔들흔들하며 비둘기를 건드리기 시작했다. 교회 종소리가 정적을 깬다. 남자는 저거, 하고 소리를 지르면서 우두머리 비둘기를 놓아주었다. 구구구구구구구구. 고함을 치면서 보금자리에 있는 비둘기들을 쫓아냈다. 탁탁탁탁 막대기로 때려서 옥상에서 꾸물대는 비둘기를 잇달아 내몰았다. 비둘기는 노련하게 바람을 타고 광장 상공으로 올라갔다. 철물점 건물에서도 빵집 건물에서도 한꺼번에 비둘기가 날았다. 그것을 신호로 광장의 낙오된 비둘기들도 날아오른다. 비둘기 몇 백 마리가 광장 상공을 선회하는 모습은 장관이었다. 이리저리 뒤섞여 나는 비둘기의 모습은 파란 하늘을 얼룩무늬로 바꾼다. 태양이 가려지고, 나뭇잎 사이로 새어드는 햇빛 속에 있는 것 같다.

무리와 무리가 접촉하면 비둘기 사이에 혼란이 생긴다. 비둘기는 무리를 잃고 달라붙듯 다른 무리에 합류한다. 혼란은 혼란을 부른다. 무리와 무리는 완전히 하나가 되어 자연스레 뒤섞이는 그림물감처럼 공중에서 합체와 분열을 되풀이한다. 마치 넓은 하늘에 소용돌이치는 거대한 파도를 그리듯 비둘기들은 하늘을 호쾌하게 날아다니기 시작했다. 무리와 무리가 뒤엉키고 적군과 아군을 구별할 수 없게 된 순간 철물점 주인도 빵집 주인도 남자도 엉겁결에 입을 헤벌리고 눈초리는 풀리고 눈썹은 찌푸리고 뺨을 부르르 떤다.

비둘기는 바람의 영향을 받아 서쪽으로 휩쓸려 갔다가 강기슭 쪽으로 끌려왔다가 거리의 중심부로 밀려 들어왔다가 종횡무진 이리저리 날아다니며 공중에서 영역을 넓혀간다. 평소에 남자의

비둘기 게임

75

행동반경 등과는 비교가 되지 않을 정도로 멀리. 팽창과 수축을 되풀이한다.

남자는 두 팔을 쫙 펼치고 굵고 탁한 소리로 성원을 보냈다. 우두머리 비둘기가 과연 얼마나 많은 비둘기를 이끌고 여기로 돌아올까? 곧 모든 게 결정된다. 하지만 우두머리가 또다시 남자의 비둘기장을 선택한다는 보증은 없다. 변덕스러울 뿐만 아니라 모이의 양과 바람의 방향이 영향을 미치기 때문이다. 예전에 우두머리가 적진에 내린 적이 있었다. 그때는 겨우 비둘기 열 몇 마리만 귀환했다.

남자는 다리를 감싸 쥐면서 비둘기장에서 내려와 쌍안경을 집어 들었다. 맨 앞에 날아가는 무리의 우두머리를 찾는다. 비둘기 무리는 몇 번이나 광장의 상공에서 통합과 분열을 되풀이한다. 혼란을 느낀 비둘기들은 점차 새로운 집단을 형성해나간다. 몇 덩어리로 나뉘었던 비둘기들이 귀환할 장소를 찾기 위해 고도를 낮추기 시작한다.

남자는 하얀 이를 드러내고 쌍안경을 들여다보며 분홍빛 비둘기를 찾았다. 때때로 햇빛에 정신이 혼미해지면서. 철물점 주인도 빵집 주인도 진지한 표정으로 무리의 행방을 뒤쫓는다. 철물점 아들만 웃고 있다.

남자는 비둘기를 유인하기 위해 또다시 비둘기장에 모이를 뿌려댔다. 철물점 주인도 빵집 주인도 모이를 뿌린다. 선회하던 비둘기 무리가 고도를 좀 더 낮췄다. 노인들은 아직 서서 이야기를 하고 있다. 카페에서는 사람들이 한가롭게 쉬고 있다. 바람이 광장 위를 서쪽에서 동쪽으로 빠져나간다. 태양이 눈부시다. 분수 옆에서 국기가 펄럭이고 있다. 비둘기 무리가 위엄의 상징 바로 위를 도망치듯 날아갔다.

우두머리가 비둘기장으로 돌아오자 뒤따르듯 수많은 비둘기들이 귀환했다. 붙었다 떨어졌다 한 덩어리가 되었던 비둘기 무리는 대략 셋으로 크게 갈라졌다. 남자가 있는 곳에는 비둘기장에 다 들어가지 못할 정도로 많은 비둘기가 돌아왔다. 하지만 둘러봐도 거기에 분홍빛 비둘기는 없었다.

95, 96, 97. 확인하면서 비둘기의 숫자를 셌다. 비둘기 97마리가 귀환했다. 14마리가 늘었다. 남자는 철물점 주인과 빵집 주인에게 손을 흔들었다. 기대에 미치지 못하는 결과를 얻은 빵집 주인은 곧장 건물 안으로 사라졌다. 승부에는 이겼지만 그토록 아름다운 비둘기가 여기 없는 까닭에 마음속 깊이 기뻐할 수는 없었다. 어쩌면 분홍빛 비둘기는 철물점 주인이나 빵집 주인의 품으로 날아갔을지도 모른다. 그 비둘기를 알아보면 그들은 어떻게 할까? 그토록 아름다운 아이를 혼자 차지하려고 특제 비둘기장을 설치하고 그곳에 자물쇠를 채워둘지도 모른다. 그렇게 되면

두 번 다시 그 아이를 만날 수 없게 된다. 남자는 낙담하고 탄식했다.

비둘기장은 물론 옥상 전체를 차지한 비둘기들에게 골고루 모이를 나누어주었다. 그러고 나서 다시 한 번 무리 속에 분홍빛 비둘기가 없나 꼼꼼히 살펴본 뒤, 없다는 걸 확인하자마자 그 자리에서 떠났다. 다리를 질질 끌고 벽에 손을 짚어가며 어두운 건물 안으로 사라진다.

방으로 돌아와 냉장고에서 마시다 만 와인 병을 꺼내 창가 의자에 걸터앉아 유리잔에 따르고는 맛도 음미하지 않고 곧장 위장으로 흘려보냈다. 광장은 아무 일도 없었던 것처럼 평온하다. 노인들은 아직도 나무 그늘에서 이야기를 나누고 있다. 끊이지 않는 화제란 어떤 걸까, 남자는 짐작할 수 없었다. 그런데 노인들이 상공에서 펼쳐지는 비둘기 쟁탈전에 대해 알 것 같지는 않다. 그들이 보고 있는 세상은 그들만이 가진 또 하나의 세상이다. 그들의 화제에는 분명 남자의 인생과 아무런 상관도 없는 비둘기가 등장하고, 그리고 다른 울림의 종소리가 들리고 전혀 다른 광장이 존재할 것이다.

스쳐 지나가는 사람들도 각각의 목적을 향해 똑바로 걸어가고 있을 뿐 상공의 비둘기에 마음을 쓰는 사람은 없다. 비둘기는 그들이 태어나기 전부터 광장에서 모이를 찾아다녔고, 이제는 풍경의 일부에 지나지 않는다. 어머니는 아이에게 눈길을 주고, 카페의 어른들은 연인과 소곤거리느라 정신없다. 그런 가운데 비둘기 게임은 남몰래 이어져왔다.

석양이 강렬하게 쏟아져 들어오자 남자는 차양을 반 정도 가리고 텔레비전을 켰다. 낯선 가수가 노래를 하지만 소리가 들리지 않아 어떤 노래인지 알 수 없다. 꿈을 꾸지 않게 되었을 무렵부터 이상하게 텔레비전 소리도 사라졌다. 그게 언제였던가, 기억에 없다. 잃어버렸어도 잃어버렸는지 깨닫지 못하는 세계만이 남아 있다. 있는 것과 없는 것에 커다란 차이가 없을 때가 있다. 있어도 없어도 관계없는 존재이면서 확실히 그 자리에 계속 있는 것도 이 세상에는 수도 없이 많다.

벽에 걸린 달력에 오늘의 숫자―97을 써넣는다. 어제는 83, 그저께는 79, 그리고 76, 90, 68, 일주일 전에는 85. 이번 주에는 5승 2패다. 이겼다고 해서 뭐가 달라지는 건 아니다. 내기를 한 것도 아니고 밤마다 근처 스탠드바에 모여 그 노인들처럼 지치지도 않고 대화를 나누는 일도 없다. 날마다 한 번씩 승부가 갈리면 그걸로 끝이다. 싱겁기는 하지만 아버지 대부터 몇 십 년이나 이어졌기 때문에 일희일비할 필요도 이제 없다. 어떤 경위로 비둘기 게임이 시작되었는지조차 아무도 기억하지 못할 정도로 먼 옛날부터 계속되었다.

비둘기 게임 79

확실히 잇달아 지면 비가 내내 이어지는 듯한 기분에 사로잡힐 때도 있다. 하지만 담담하게 마음을 느긋이 먹고 비둘기와 마주하다 보면 영원히 지는 일은 없고, 요컨대 고통이 지속되는 일도 없는 것이다. 언젠가 반드시 비는 그치고, 구름 사이로 파란 하늘은 고개를 내민다.

남자는 부엌에 서서 식사 준비를 한다. 감자를 삶고 고기를 볶는다. 식탁 위에는 두 사람이 먹을 식사가 놓여 있지만 먹는 건 늘 한 사람뿐이다. 요리가 완성되면 아내의 방문을 두드리고 밥 먹어, 하고 속삭인다. 한참이 지나도 대답은 없다. 남자는 잠시 문을 응시한 채 거기서 기다렸다. 모처럼 만들었는데, 하고 조그마한 목소리로 우물거릴 때도 있지만 대부분은 표정 하나 변하지 않고 제풀에 지칠 때까지 아내를 기다린다. 그사이에 삶은 감자는 식어버리지만 어쩔 수 없다.

언제였는지 싹 잊어버렸지만 그날, 화가 난 아내는 안에서 문을 잠갔다. 그리고 영원히 나오지 않게 되었다. 몇 번이나 설득했지만 대답은 없었다. 다른 출구도 없는데 그러다가 나오겠지, 하고 남자는 대수롭지 않게 넘겼다. 하지만 정말이지 영영 나오지 않을 것 같은 기분이 든다. 거기 있는 건 알지만 이제 와서 남자까지 안으로 들어갈 수는 없다.

장모는 먼 도시에 살고 있고, 지난달에 전화가 왔지만 고령이라 무슨 말을 하는지 알아듣기 어려웠다. 아내가 외출했다고 말하면, 장모는 나는 앞으로 살날이 얼마 안 남아서 꾸물거리다가는 숨이 넘어가버릴 거라는 엉뚱한 소리를 하며 화를 냈다.

남자는 어쩔 수 없이 탁자로 돌아가 밥을 먹기 시작했다. 식은 감자에 소금을 뿌리고 먹었다. 고기는 차갑게 식고 겉은 퍽퍽하고 색깔이 변해 굳어 있었다. 먹는다는 행위의 귀찮음과도 간신히 타협했다. 어린 시절부터 씹는 걸 질색했다. 왜 맛을 볼 필요가 있는지 남자는 알 수 없었고 어머니에게 야단만 잔뜩 맞았다. 비둘기처럼 콕콕 쪼아서 삼키고 싶었다.

날갯짓 소리와 단단한 금속이 스치는 소리가 나서 돌아보니 창가에 분홍빛 비둘기가 있다. 등 뒤로 빛이 비쳐서 비둘기의 윤곽을 몽롱하게 팽창시켰다. 손이 닿을 정도로 가까이에 있는데도 남자는 움직일 수가 없었다. 포크를 꽉 쥔 채로 물끄러미 비둘기를 바라보았다. 아름다운 깃털. 기품 있는 가슴. 균형 잡힌 몸매. 게다가 엷은 복숭앗빛을 띠고 있다. 남자는 숨을 멈추고 속마음을 들키지 않도록 그 아름다운 비둘기를 바라보았다.

비둘기는 겁먹은 기색도 없고 그렇다고 해서 남자를 의식하는 모습도 아니다. 생기 넘치게 그곳에 존재하고 또렷한 고동 소리를 전해주고 있었다. 만지지도 않았는데 비둘기의 피와 살의 따스함이 느껴질 정도로 비둘기는 가까이에 있었다. 비둘기의 발톱

이 창틀 사이에 걸려 비둘기가 몸을 들썩거릴 때마다 꺼슬꺼슬 귀에 거슬리는 소리가 났다. 안쪽에 황홀할 정도로 부드러움을 감추고 있다는 느낌이 전해져온다.

손을 뻗으면, 어쩌면 잡을 수도 있을 만한 거리다. 남자의 눈길을 피하듯 비둘기는 고개를 살짝 갸웃하고 실내를 둘러본다. 유혹하는 것처럼도 보인다.

이따금 주위를 경계하며 두리번두리번 고개를 움직였지만 남자와 눈길을 맞추려고 하지는 않았다. 남자는 마른침을 삼켰다. 손을 뻗지 않고 가만히 기다리면 혹 비둘기가 경계심을 풀고 식탁 위의 요리를 먹으러 오지 않을까? 아니, 여기에 아무것도 없다고 판단하고 날아갈 가능성도 있다. 그전에 잡아야 하는 건 아닐까? 여러 가지 가능성이 남자의 뇌리를 스친다.

숨을 참고 왼손을 천천히 뻗어본다. 비둘기는 꼼짝도 하지 않는다. 비둘기의 깃털은 석양을 받아 그 자체가 빛을 내는 것처럼 반짝인다. 빛 자체를 휘감고 있는 듯한 비둘기다. 그 아름다움에 남자의 눈은 어질어질했다. 너무 눈부셔 눈에 초점을 맞추지 못하고 비둘기가 이중으로 보이기 시작한다. 별안간 비둘기가 날개를 펼치고 파닥거렸다. 날아오르는 건 아닐까 걱정하며 남자는 손을 멈추고 호흡을 가다듬고 숨을 죽였다. 엄청나게 커다란 짐이 현실 세계와 자신 사이를 짓누른다.

남자는 손끝에 있는 비둘기에게 신경을 집중했다. 손가락 끝이 닿을락 말락 할 정도로 접근한다. 고개를 고정한 채로 눈알만 굴리는 비둘기를 본다. 비둘기는 빛의 테두리 안에서 꼼짝 않고 있다. 남자는 마음을 가라앉히기 위해 천천히 숫자를 세고, 그런 다음 숨을 참고, 이번에는 신경을 하나의 점에 집중해서 기를 불어넣고 힘차게 손을 뻗었다. 날개를 파닥거리는 소리와 동시에 아내의 침실 문이 반쯤 열렸다.

문틈에서 비둘기의 생생한 감촉에 뒤지지 않을 정도로 어둡게 가라앉은 우주가 얼굴을 내보인다. 어슴푸레한 아내의 방은 현실 세계에서 차단되어 있으면서도, 확실한 주장을 갖고 그곳에 존재한다. 남자는 마구 퍼덕거리는 비둘기를 가슴에 꼭 감싸 안고 천천히 일어서서 아내의 침실로 쭈뼛쭈뼛 향했다. 꿈을 꾸지 않게 된 건 언제부터였을까, 아무래도 떠오르지 않았다. 그때 무슨 일이 일어났는지도. 하지만 지금 분명 눈앞에 아내의 방이 열려 있다.

비둘기의 감촉이 손바닥으로 전해져온다. 묘하게 부드럽고 참으로 따뜻한, 살아 있는 생명체의 감촉. 깃털의 윤기와 정반대로 그 아래에서 약동하는 비둘기의 유연한 근육이 느껴진다. 남자는 파닥거리는 비둘기를 놓치지 않도록 날개를 지그시 누르고 가슴에 갖다 대는 듯한 자세로 감싸 안았다. 창문으로 들어오는 빛이 실내의 명암을 확연히 구분해준다.

몇 달 아니 몇 년이나 열리지 않던 문이 열렸다. 왜 열렸을까?
아내가 열었을까? 아니면 저절로? 오랫동안 줄곧 알 수 없었던 사
실, 텅 비어 있었다는 진실을 들여다보기 위해 가슴에 분홍빛 비
둘기를 껴안은 채로 남자는 발걸음을 내디뎠다. 아내의 방으로
인도하는 빛줄기, 그건 마치 빛의 은하수를 이동하는 먼지의 무
리 같다. 다른 하나의 우주로 빨려 들어가는 행성의 주검. 조용
히, 그렇지만 어떤 종류의 규칙성을 지니고 이동하는 무수히 많
은 먼지들이다.

비둘기가 울었다. 가슴을 들썩거리며 비둘기가 서글프게 운다.

다른 침실에서 자게 된 건 어느 날 남자의 아내가 그렇게 하고
싶다고 말을 꺼낸 뒤부터였다. 먹고 싶을 때 마음대로 먹을 수 있
고, 자고 싶을 때 마음대로 잘 수 있어. 그 후로 남자는 부엌 옆에
있는 작은 방에서 자게 됐다. 당신은 비둘기 냄새가 나서 싫어,
하는 말을 들었다. 식사 시간이 되어도 나오지 않는 아내를 깨우
러 가면 나 깨우지 마, 하고 화를 내고는 방에 틀어박혀 안에서 문
을 잠갔다.

그러고 보니 한참이나 못 봤다는 걸 비로소 깨달았다. 없나, 하
고 생각하면 때때로 식탁에 마시다 만 커피가 놓여 있거나 냉장
고 안의 음식이 없어지거나 읽다 만 책이 소파 위에 나동그라져

있었다. 텔레비전을 끄는 걸 잊어버리거나 화장실 문이 열려 있거나. 아무렇지도 않게 언제든 흔적을 남겼다. 보고 싶어할 때까지 기다리는 수밖에 없다고 남자는 막연히 생각했다.

남자는 거의 날마다 아내가 나오기 편하도록 오전과 오후에 두 번 외출했다. 물건을 사거나 카페에 들러서 시간을 때운다. 그사이에 아내는 또 하나의 세계에서 나와서 남자가 없는 세계를 배회할지도 모른다.

들어가도 돼, 하고 어둠을 향해 남자는 물었다. 대답은 없다. 남자의 품 안에서 비둘기가 조그맣게 운다. 실내에 들어선 순간 뭔가가 발끝에 닿아 균형을 잃었다. 반동으로 손이 느슨해지고 비둘기는 날갯짓을 했다. 남자는 순간적으로 놓쳐서는 안 된다고 생각하고 문을 닫았다. 쾅, 하고 커다란 소리가 실내에 울려 퍼지고 세상이 싹 바뀌어 어두워진다.

분홍빛 비둘기는 어둠 속을 날아다니고 이윽고 어딘가에 불시착했다. 고여 있는 공기를 비둘기가 휘젓고 다닌 탓에 뽀얗게 쌓여 있던 먼지가 뒤섞였다. 아무것도 보이지 않았다. 불면증이었던 아내는 두툼한 커튼을 특별 주문했다. 그 커튼은 이중으로 되어 있고 더구나 앞쪽의 햇빛 차단용은 완전히 쳐져 있다. 빛이 들어오는 곳은 어디에도 없다.

이봐, 있어? 남자는 묻는다. 무덥고 숨 쉬기가 괴롭다. 그곳이 얼마나 깊고 넓고 끝이 없는지 알 수 없다. 분명 방 한가운데에 침대가 하나 있을 것이다. 먼 옛일이라 기억은 희미하고 어떤 침대이고 어느 정도의 크기였는지도 확실하지 않다. 남자는 문 옆에 버티고 선 채로 꼼짝 않고 있었다. 이봐, 하고 남자는 말을 건넸다. 아내는 없을지도 모른다. 아내는 남자가 산책을 하러 간 사이에 이곳에서 탈출해버렸는지도 모른다. 그렇게 생각하는 편이 자연스럽다. 피우다 만 담배도 마시다 만 커피도 사실은 자신이 남긴 것이었을 가능성이 있다. 제멋대로 그렇게 믿고 있었는지도 모른다. 그렇다면 있지도 않은 사람과 몇 년이나 살아온 셈이 된다.

남자는 우주 한복판에 둥둥 떠다니듯 서 있다. 위아래, 왼쪽 오른쪽이란 게 없었다. 어둠 속에서 감각이 둔해지고, 숨이 막히는 탓에 정신이 몽롱했다. 그렇지만 움직일 수는 없다. 문을 열면 비둘기가 달아나버린다.

오랫동안 어둠속에서 곰곰이 생각했지만 답을 얻지도, 기억을 되찾지도 못하고 어쩔 수 없이 남자는 비둘기를 그곳에 남겨둔 채 바깥으로 나가기로 한다. 가두어놓으면 비둘기는 아내와 마찬가지로 평생 자신의 것이 될 터이다. 문을 열고 닫는 아주 짧은 순간 빛이, 열려 있지 않은 실내를 드러나게 한다. 빛이 침대 위에 있는 분홍빛 비둘기의 윤곽을 도드라지게 했을 때 등 뒤에 사람 그림자와 비슷한 흔적이 있었다.

　남자는 다리를 질질 끌면서 계단을 올라갔다. 기억이 되살아나기 전에 모든 걸 망각해야 한다. 건물 지붕과 교회 탑 저편으로 태양은 완전히 저물어가고 있다. 붉게 물든 하늘 빛깔만이 두 눈에 선명하다.

　옥상 난간에서 광장을 내려다보았다. 사람들이 귀가를 서두르고 있다. 카페에 넘쳐나던 사람들이 길거리를 차지하고 이야기를 나누고 있다. 나무 그늘에서는 아직도 노인들이 침을 튀겨가며 이야기를 하고 있다. 무슨 이야기를 그렇게 끝없이 하는지.

　다시 한 번 저물어가는 저녁 풍경의 거리를 둘러본 뒤 남자는 다리를 질질 끌면서 비둘기장 위로 올라갔다.

　그리고 비둘기장의 문을 열고 탁탁 쳤다. 구구구구구구구구구구구. 비둘기는 좀처럼 움직이려고 하지 않는다. 남자는 비둘기장을 힘껏 흔들었다. 구구구구구구구구구구구. 잊어버리고 싶었다. 남자는 굴러 떨어지듯 비둘기장에서 뛰어내려서 반대쪽 문을 열고 막대기를 휘저으며 안에 있는 비둘기를 몰아냈다. 비둘기들이 움직이기 시작한다. 구구구구구구구구구구구. 옥상에서 쉬고 있던 비둘기도 내쫓았다. 아내의 얼굴을 떠올렸다. 일찍이 그들은 사랑을 주고받았다. 구구구구구구구구구구구. 비둘기는 사방팔방으로 흩어져 날아갔다. 머물러 있으려는 비둘기를 쫓아 자꾸

자꾸 발로 차서 날아가게 했다. 숨이 차오르고 분명 그 순간에 안으로 뭔가가 깃드는 걸 느꼈다. 비둘기가 옥상에서 날개를 파닥거릴 때 남자의 내부에도 바람이 불었다.

뿔뿔이 날아올랐던 비둘기들은 금세 한 무리로 뭉치기 시작했다. 석양에 물들어가는 비둘기 무리는 천천히 상공을 선회하고 점차 하나의 집단으로 모였다. 밤하늘로 바뀌어가는 해질녘의 넓은 하늘을 비둘기 집단이 커다랗게, 커다랗고 날쌔고 굳세게 선회해간다. 생명을 지닌 연기처럼 그것은 빙글빙글 세상 바로 위를 날아다녔다.

귀가를 서두르는 사람들은 비둘기가 머리 위를 어지러이 나는 까닭을 알지 못한다.

감출 수 없는 것

"엄마, 예수님은 백인이었어?"

소년이 묻자 어머니는 곁에 사람이 없는지 재빨리 확인하고 나서 저걸 봐라, 하며 벽에 걸린 십자가를 손가락으로 가리켰다. 스테인드글라스 너머로 새어 들어오는 빛 때문에 십자가는 어렴풋이 파르스름하게 보였다.

어스레한 성당에서 나온 순간 눈부신 빛에 망막이 짓눌려 소년은 엉겁결에 눈을 가늘게 떴다. 미사를 마친 사람들이 성당 앞 광장을 가로질러 삼삼오오 집으로 돌아간다.

"그런데 갈색이 살짝 섞였는지도 몰라."

어머니는 소년의 손을 확 잡아당겼다. 소년은 눈썹 끝에 힘을 모으고 햇빛으로 윤곽이 뿌옇게 흐려 보이는 어머니의 얼굴을 쳐다보았다.

"머나먼 옛날이야기라 알 수 없지 않아? 어떻게 증명하지?"

"이상한 애네. 왜 그런 생각을 하나 몰라."

어머니가 걸음을 늦추지 않아 소년은 따라가느라 정신이 없었

감출 수 없는 것   91

다. 그러다 때때로 종종걸음을 쳐댔다. 길 양쪽에는 가정집이 늘어서 있고 집집마다 인도와 집 사이에 자그마한 잔디정원이 있었다. 태양이 바로 머리 위에 있어서 햇볕을 피하거나 숨을 만한 곳은 없었다. 어머니는 오른손에 든 가방을 햇빛 가리개로 삼고 왼손으로 소년의 손을 꽉 움켜쥐었다.

"정말 너란 아이는 이따금 영문을 알 수 없는 말을 하는구나."

어머니가 한숨을 내쉬며 중얼거릴 때 소년의 눈길은 교차로 저편에 서 있는 기묘한 인물에게 머물렀다. 신호등은 파란색인데 어머니가 갑자기 멈춰 섰다.

"왜 저 사람은?"

하고 소년이 말한 것과 거의 동시에 어머니가 방향을 바꾸었다. 소년이 뒤돌아볼 때마다 어머니는 우격다짐으로 팔을 잡아끌었다.

"어, 저게 뭐지?"

소년이 버둥거리자 어머니의 발걸음은 더욱 빨라졌다.

"알아들어? 불쌍한 사람을 힐끔거려서는 안 돼."

집에 도착하자 어머니는 평소에 그냥 열어두던 문을 꼭꼭 잠그고 밖으로 나가지 말라고 당부했다. 부모님은 때때로 그 남자에 대해 이야기했지만 소년이 다가서면 입을 꾹 다물어버렸다. 터울이 꽤 지는 형이 그저 이상할 따름이라고 귀띔해주었다.

"응? 뭐가 이상한데?"

소년은 부모님이 잠들기를 기다리는 형 곁에서 질문을 되풀이했다. 대답은 안 하고 형은 자기를 따라오지 말라며 떼어놓고 갔다. 밤마다 가출하듯 나서는 형 때문에 소년의 부모는 신경을 곤두세우고 있었다.

소년의 초등학교에서도 그 남자가 화제로 떠올랐다. 학급회의 시간에 교사가 멀찍이 돌아가라고 주의를 주자 아이들이 술렁거리기 시작했다. 나도 본 적 있어, 하고 누군가가 씩씩하게 외치자 비슷한 소리가 잇달아 터져 나왔다. 소년 역시 지지 않고 자기도 보았다며 손을 번쩍 쳐들었다.

"언제나 이상한 걸 뒤집어쓰고 있어."

누군가가 말하고,

"포대야."

하고 다른 아이가 으스대며 끼어들었다.

"장갑도 끼고 있어. 늘 커다란 종이봉투를 들고 있고."

아이들 대부분이 그 남자를 목격했다.

"식료품 가게에서 캔 맥주 사는 걸 봤어."

"공원에서 자고 있는 걸 봤어요."

소년은 참지 못하고,

"위험해요?"

하고 물었다. 선생님은 대답하기 곤란한 듯 그렇지는 않지만, 하고 운을 뗐다.

"조금 이상한 차림을 하고 있지? 어떤 사람인지 모르잖니. 무슨 일이 일어난 다음에는 늦으니까 조심하라는 거야."

선생님의 훈계는 거기서 끝났지만 그때부터 아이들 사이에 소문이 파다하게 퍼져나갔다. 이를테면 남자는 퇴역군인으로 파병된 곳에서 테러를 당해 온몸에 화상을 입었다는 제법 그럴싸한 소문이었다. 소년도 그런 소문을 순순히 믿었다.

수업이 끝난 뒤 아이들은 무리를 지어 포대를 뒤집어쓴 남자를 찾으러 나섰다. 찾아낸 다음 어떻게 할지는 아무도 모른다. 호기심에 사로잡힌 아이들은 잰걸음으로 동네를 샅샅이 헤집고 다녔다. 머리는 레이더처럼 빙글빙글 돌아가고, 눈은 깜박거림조차 잊을 정도로 날카롭게 부릅뜨고 말이다.

소년은 동급생들과 함께 남자를 잡는 꿈을 꾸었다. 그런데 붙잡아놓고 포대를 벗겨보니 안에서 모습을 드러낸 사람은 아버지였다. 잠이 덜 깬 상태에서 소년은 바싹 마른 목을 축이기 위해 눈을 비비며 아래층으로 내려갔다. 그런데 어머니가 불도 켜지 않고 소파 위에서 울고 있었다. 왜 그래? 하고 묻자 어머니는 황급히 눈물을 닦고 이런 시간에 뭐 하느냐며 낮은 목소리로 나무랐다. 소년이 불을 켜자마자 어머니는 벌떡 일어나더니 달려와

꺼버렸다. 놀란 소년을 어머니는 꽉 껴안더니 그래 이제 자야지, 하고 타일렀다. 향수가 아니라 땀 냄새가 났다. 어머니의 오른쪽 뺨 피부 안쪽에 피가 고여 있었다. 하지만 웬일인지 거기에 대해 캐물을 수가 없었다. 아버지는 꿈속에서 동급생들에게 두들겨 맞고 있었다. 어머니의 검푸른 멍은 소년에게 그 꿈이 이어지는 듯한 혹은 불길한 미래를 예감하게 하는 전조처럼 여겨졌다.

다음 날 아침 어머니의 얼굴에서 멍이 싹 사라졌다. 그것도 꿈이었나, 스스로 물으며 소년은 어머니를 뚫어져라 바라보았다. 아름다운 어머니는 묶었던 머리를 길게 늘어뜨리고 평소보다 짙게 눈 화장을 했다. 아버지는 어머니에게 입맞춤을 한 뒤 일하러 나갔다. 소년은 현관 앞에서 차고에서 나오는 자동차를 배웅했다. 평소에는 반드시 울리던 경적─그것은 아버지와 아들 사이의 비밀 암호였는데─을 빼먹었다.

소방서 자리에 사람들이 무리 지어 있었다. 소년을 잡아끄는 어머니의 손에 힘이 들어갔다. 수많은 사람 가운데 경찰의 모습도 섞여 있었다. 얼굴을 아는 아이가 다가와서 누가 개를 죽였다고 말했다.

"왜?"

"몰라. 그런데 끔찍한 방법으로 죽였대. 찔린 자국이 수십 군데나 되고."

어머니는 소년의 머리를 팔로 감싸며 걸었다. 소년은 개의 사체를 보고 싶었지만 아무리 용을 써도 어머니 팔에서 머리를 빼낼 수가 없었다. 아스팔트 표면만이 보였다.

"엄마, 봐줘."

"안 돼. 아무것도 없어. 봐 봤자야."

"저기, 보고 싶어."

"안 된다고 했잖아. 서두르지 않으면 지각해."

소년이 다니는 초등학교도 죽은 개 이야기로 떠들썩했다. 죽은 개가 어느 개인지 소년은 단박에 알아차렸다. 주인인 할머니는 개를 풀어놓고 길렀다. 몇 년 전에 소년의 동급생이 공원에서 놀고 있을 때 느닷없이 그 개에게 물렸다. 다행히 가벼운 상처였지만 동네 사람들은 개를 풀어놓고 기르지 말라고 요구했다. 할머니는 혼자 살고 있다. 형제가 옆 동네에 살지만 거의 오가지 않는다. 가족이나 매한가지인 개를 쇠사슬 따위로 맬 수 없다고 할머니는 입버릇처럼 중얼거리며 주위의 충고를 귀담아듣지 않았다.

아이들은 방과 후에 할머니의 모습을 살피러 갔다. 창문에 블라인드가 쳐져 있고 건물에는 석양이 비치고 있었다. 어떤 아이는 여기 사는 할머니가 밤마다 개와 함께 잠든다고 말했다.

"그래서 개집이 없는 거야."

손질이 잘된 정원 앞에 개가 갖고 놀던 장난감이 나동그라져 있었다. 화단에는 화초도 없고 흙만 쌓여 있었다. 소년이 형에게 물으니 동네 사람들의 소행이라고 말했다. 형은 거울 앞에 죽치고 앉아 머리칼을 포마드로 쭉쭉 세우며 목소리를 높였다.

"풀어놓고 기르는 사람이 나쁜 거야. 화가 치민 누군가가 개를 꾀어내서 찌른 게 분명해. 찔린 자국이 수십 군데나 있다는 걸 보면 원한이 상당히 깊은 거지."

형이 나가려는 참에 아버지가 돌아와 둘이 맞닥뜨렸다. 말을 주고받을 겨를도 없이 두 사람은 엎치락뒤치락했다. 감자 삶는 냄새가 풍겼다. 무슨 일이야, 어머니의 목소리가 안에서 들렸다. 아버지와 형이 거실에서 치고받기 시작하자 어머니가 다가와서 싸움을 말리는가 했더니 열어놓은 현관문을 부리나케 닫고는 정원이 보이는 창문 커튼을 민첩하게 싹싹 치며 돌아다녔다. 어머니는 입가를 손으로 틀어막고 눈을 동그랗게 뜨고 있었다. 하지만 비명을 지르지도 두 사람 사이에 끼어들지도 않고 융단 위에서 씩씩거리는 남편과 아들을 꼼짝 않고 내려다보기만 했다. 소년은 소파 뒤에서 지켜보기로 했다. 협탁 위의 꽃병이 떨어지는 순간 요란한 소리가 집 안에 울려 퍼졌다. 바닥에 산산이 흩어진 유리 조각과 달리아의 빨간 꽃잎이 소년의 눈에 밟혔다.

형이 뛰쳐나가자 집 안은 갑작스레 고요해졌다. 아버지는 소파에 철퍼덕 퍼질러져 입을 벌리고 거친 숨을 몰아쉬었다. 어머니가 깨진 꽃병의 잔해를 주웠다. 울음소리를 꾹 참으며 파편을 하나하나 줍는, 여전히 요염함과 젊음이 감도는 어머니의 등에 대고 소년은 배고프다며 칭얼거렸다.

소년이 포대 쓴 남자를 다시 발견한 건 주말이었다. 남자는 가로수길 벤치에 앉아 역시나 힘없이 고개를 숙이고 땅바닥을 물끄러미 내려다보고 있었다. 무서웠지만 가까이에서 보고 싶었기 때문에 용기를 내서 다가갔다. 자루 중앙에 엿보려고 만든 구멍이 쭉 찢어져 있었는데, 도려낸 게 아니라서 들여다봐도 안은 보이지 않았다. 스니커와 청바지, 위에는 회색 트레이닝복, 장갑도 꼈는데, 더구나 손목이 완전히 덮이는 장갑이라서 피부가 노출된 부분은 없었다.

눈앞에 있는 남자가 사람이라는 건 알지만 백인인지 아닌지는 구별이 가지 않는다. 나이도 모르겠다. 정확히 말하면 남자인지 여자인지조차 판단할 수 없다.

남자는 조각상처럼 약간 앞으로 기울어진 자세로 두 팔을 무릎 위에 올리고 손을 입 언저리에 갖다 대고 생각을 하고 있다. 높다란 나무에 가려진 태양빛이 땅바닥에 얼룩무늬를 그린다. 남자만 없다면 기분 좋은 오후 풍경이었을 것이다.

"무섭지 않니?"

별안간 남자가 말했기 때문에 소년은 깜짝 놀라 엉겁결에 페달에 발을 올려놓고 자전거를 몰고 가려고 했다. 하지만 호기심을 이기지 못하고 결국 그 자리에 머물러 있었다.

"아까 네 또래 아이들이 돌을 던졌어. 돌 하나가 얼굴에 맞았다."

반 친구들이 저지른 짓이 분명하다고 소년은 추측했다. 남자의 목소리는 포대 탓인지 아니면 일부러 변조를 하는지 기계를 거쳐 나오는 것처럼 듣기 거북하게 웅얼거렸다.

"그런 모습을 하면 안 돼요. 다들 무서워해요."

소년이 충고하자,

"너도 겉모습으로 사람을 판단하니?"

하고 남자가 되물었다.

"다른 사람이랑 다르면 누구든 무서워해요."

남자는 고개를 가로저었지만 반론은 하지 않았다. 다시 바람이 불고 남자가 쓴 포대가 살짝 흔들렸다. 소년은 마치 기자 같은 말투로 당신은 퇴역군인으로 전쟁터에서 중상을 입은 거죠, 하고 질문을 퍼부었다. 아니, 하고 남자는 고개를 옆으로 흔들었다. 싱겁게 소문을 부정해서 동요했지만 기죽지 않고, 그럼 왜 그런 걸 쓰고 다니느냐고 강한 어조로 다시 물었다. 포대는 베로 만든 두꺼운 자루로 엷은 갈색을 띠고 있다. 커다래서 남자의 머리가 푹 들어갈 정도다. 얼굴이 보이지 않는 까닭에 소년은 엄청난 위압

감을 느꼈다. 남자가 질문에 답하지 않으면 섬뜩함은 한층 더할 것이다. 왜 이런 걸 뒤집어써야 하는지 도무지 알 수가 없다. 알 수 없기 때문에 무섭지만 한편으로 흥미가 샘솟는다. 이해할 수 없기 때문에 오히려 더 알고 싶다고 소년은 생각했다. 이 사람의 신상에 어떤 사건이 일어났기에 이렇게 되었을까? 소년은 불현듯 예수를 떠올렸다.

"예수님은 백인이었다고 생각해요?"

주뼛주뼛 질문을 던져보았다. 남자는 비로소 고개를 들어 소년 쪽을 보았다. 포대의 틈새로 그 안에 숨어 있는 얼굴이 보이는 듯한 기분이 들어 소년은 시선을 집중했다. 하지만 안쪽은 컴컴해서 똑똑히 보이지 않는다.

"2천 년도 더 지난 일이잖아요. 아무도 모르겠죠."

침묵을 견디지 못하고 소년은 잇따라 말을 건넸다.

"갈색 피부였는지도 모르고 검은색이었는지도 몰라요."

"왜 그런 걸 묻지?"

남자가 중얼거렸다. 소년은 포대 안에 어떤 피부가 감추어져 있는지 궁금했다. 남자가 끼고 있는 장갑으로 눈길을 주었다. 이 정도로 완전히 자기 자신을 감춰야 하는 이유가 뭘까? 도대체 이 사람은 세상에게 무엇을 감추고 있는 걸까?

"그러니까 그런 생각이 들어서 물어보고 싶었어요. 왜냐고 물어도 몰라요. 알고 싶으니까요. 그런데 제대로 답해주는 사람이 없어요."

소년은 빠른 말투로 설명했다. 남자는 턱을 괴고,

"예수는 그런 걸 신경 쓰는 사람이 아니라고 생각하는데."

하고 말했다. 소년은 답답하고 개운하지 않던 마음이 갑자기 싹 가시는 걸 느꼈다.

"그런 건 아무래도 괜찮지 않니. 예수가 피부 색깔을 신경 쓸 리가 없어. 나 역시 그런 건 아무래도 괜찮다고 생각해."

그때 등 뒤에서 누군가 말을 걸었다. 중년 여성이 발을 끄는 듯한 걸음걸이로 다가온다. 동급생의 어머니로 아는 얼굴이다. 여자는 괜찮니, 다치지 않았어, 하고 부들부들 떨리는 목소리로 물었다. 소년은 네, 하고 씩씩하게 고개를 끄덕였다.

"이쪽으로 와라."

여자가 손을 뻗었다.

"어서 와라. 함께 돌아가자."

소년은 남자를 돌아보았다. 포대를 쓴 남자는 턱을 괸 채다.

"이 아저씨와 좀 더 이야기하고 싶어요."

중년 여성은 소년의 어깨를 등 뒤에서 꽉 잡았다.

"됐어. 말 들어. 자, 나와 함께 집에 가자꾸나."

여자의 손에 힘이 깃들었다. 소년은 어떻게 해야 하나 망설였다. 그러자 포대를 쓴 남자가 일어나서 걷기 시작했다. 나뭇잎 사이로 새어드는 햇빛이 흔들리는 가로수의 아치 속을, 마치 굴속으로 들어가는 곰처럼. 중년 여성은 탄식을 터뜨리는 것과 동시에 손의 힘을 늦추고 저 사람에게 가까이 가서는 안 돼, 하고 타일렀다. 소년의 어머니도 똑같은 내용을 되풀이해서 말했다. 왜 안 되느냐고 소년이 물으면 어쨌든, 하는 신경질적인 반응을 보였다.

"나쁜 사람으로는 안 보여."

"얼굴은 못 봤잖아. 어떻게 아니?"

"하지만 말은 해봤어. 나쁜 사람 같지 않아. 예수님은 피부 색깔을 신경 쓰지 않는다고 말했어."

어머니의 얼굴이 순식간에 험악해지더니 화난 듯한 표정으로 소년을 내려다보았다. 어머니는 소년의 앞에서 누군가에게 전화를 걸어, 포대를 쓴 남자가 위험한 생각을 아이에게 퍼뜨리고 있다고 하소연했다. 소년은 어머니의 옷을 잡아당기며 아냐, 하고 항의한다. 저녁식사 준비를 시작한 어머니 뒤에 딱 달라붙어 다니며 그게 아니야, 하고 계속 말했지만 어머니는 아랑곳하지 않았다.

"포대를 뒤집어쓴 이상한 남자가 이 주변을 어슬렁거리고 있으니까 절대로 다가가서는 안 된다. 발견하면 곁에 가지 말고 바로 도망쳐라. 스스로 위험을 부르는 행위는 용기라고 하지 않아."

아버지는 식사 후 어른들의 의견을 정리하는 듯한 형태로 경고

했다. 이미 거역할 마음도 없었다.

"알았어요."

소년은 조그맣게 고개를 끄덕이고, 실망감을 안고 자리에서 일어난다.

햇빛이 눈부시게 쏟아져 내리는 오후에는 강한 햇살 탓에 세상이 어렴풋이 뿌옇게 보인다. 자동차 보닛과 앞 유리창에서 난반사한 빛이 오가는 사람들의 눈을 찌른다. 모조리 남김없이 빛에 녹아들듯한 한낮 학교 운동장에서 아이들이 뛰어논다. 소년은 동급생들에게 둘러싸여 포대를 쓴 남자와 만났을 때의 일을 흥분에 겨워 전해주었다.

"무시무시하다는 느낌은 없었어. 뭐랄까, 차분하고 다정한 느낌이었어."

그런데 그 자식은 나쁜 놈이야, 하고 누군가가 끼어들었다.

"예수님은 백인이 아니라고 말했다는데."

소년은 화들짝 놀라며 그렇지 않다고 반론한다.

"예수님은 피부 색깔을 신경 쓰지 않는 사람이라고 말했을 뿐이야."

"하지만 예수님이 검은색이나 갈색이나 노란색 피부는 아니잖아."

소년은 오해를 풀고자 했지만 동급생들은 소년의 부르짖음에

귀를 기울이지 않았다.

방과 후 다들 포대 쓴 남자를 찾으러 간다고 말했기 때문에 소년은 당황스러웠다. 개중에는 혼쭐을 내주어야 한다고 부추기는 아이도 있었다. 소년은 정의감에 사로잡힌 아이들의 무리가 용감하게 교문을 뛰어나가는 모습을 넋을 잃고 바라보다가, 전부 포대 쓴 남자를 잡으러 갔다고 교무실에 달려가 호소했다. 큰일이 벌어지지 않도록 교장선생님이 경찰에게 알렸다.

집에 돌아가는 길에 신부님과 맞닥뜨렸다. 소년이 울고 있는 걸 알아차린 신부님은 무슨 일이냐고 물었다. 소년은 눈을 비비면서 지금까지의 일을 차근차근 설명했다.

"그랬더니 그 사람이 예수님은 피부 색깔을 신경 쓰는 분이 아닐 거라고 말했어요. 그저 그뿐이에요."

신부님은 소년을 감싸 안고 괜찮다며 다정하게 위로했다.

"신부님이 그 사람을 도와주실래요?"

"가능한 한 해보지. 너는 안심하고 집에 돌아가거라."

신부님과 헤어지자마자 소년은 경찰차를 발견한다. 조용한 주택가 골목을 순찰차 두 대가 줄줄이 지나가고 있었다. 사이렌을 울리지도 않고 사람이 걷는 정도의 속도로. 소년 옆에 바싹 따라붙은 순찰차에서 경찰이 얼굴을 비죽 내밀고 관찰하는 듯한 눈초리로 소년을 바라보았다. 소년은 경찰들과 눈이 마주치지 않도록 빠른 걸음으로 교차로를 돌아간다. 비스듬히 기울어진 길이 소년의 집까지 쭉 뻗어 있다.

집 바로 옆에 두 손을 흔들며 자동차를 세우려는 듯한 모습으로 소년이 가는 길을 가로막는 부인이 있었다. 파란 스웨터를 입고 있었는데 자세히 보니 하반신은 벌거벗은 상태였다. 태양이 구름 속으로 숨은 탓에 핏기가 가시듯 눈부신 세상이 싹 달라지며 어두워졌다.

"아주머니, 어떻게 된 거예요?"

"도망쳐 왔어. 나는 저 집 지하에 감금되어 있단다. 알겠니? 문이 잠긴 지하실에 갇혀 있다고. 알겠어, 내가 하는 말의 의미를?"

나이가 지긋한 부인은 등 뒤에 보이는 집을 손가락으로 가리키며 호소했다. 누가 살고 있는지는 몰랐지만 소년은 날마다 이 집 앞을 지나 학교에 갔다. 때때로 마당 앞에서 세차를 하는 초로의 남자를 본 적이 있다. 그 사람이 이 부인의 남편일까?

"너, 이 근처에 사는 아이니?"

"네. 저기요."

부인은 소년에게 쪽지를 건네주었다.

"이걸 경찰에게 전해줄래?"

부인이 손가락으로 가리킨 집에서 초로의 남자가 뛰어나왔다. 부인은 남자를 발견하고 소년에게 재빨리,

"그 쪽지를 주머니 안에 넣어라."

하고 속삭였다. 남자는 부인의 팔을 잡자마자 그런 꼴로 돌아다니면 모두 이상한 눈으로 쳐다볼 거 아냐, 하고 차분한 어조로 꾸짖었다. 남자의 눈초리가 활처럼 축 처져 있다.

"아무것도 아니란다. 이 사람은 말이지, 조금 피곤할 뿐이야."

소년에게 그 말을 남기고 남자는 부인의 손을 잡아끌고 걸어갔다. 부인은 몇 번이나 돌아서서 소년을 바라본다.

두 사람이 집 안으로 사라지자마자 태양이 다시 구름 속에서 고개를 내밀었다. 도미노가 쓰러지는 듯한 느낌으로 햇살이 힘차게 길 위에 내리꽂혔다. 이 집도 창문마다 블라인드를 쳐놓았다.

건네준 쪽지에는 살해당하고 말 겁니다, 도와주세요, 하고 갈겨쓴 글자가 있었다. 어머니에게 쪽지를 보여주자 어떻게 된 거냐고 물었다. 목격한 대로 전하자 어머니는 쪽지를 꼬깃꼬깃 구겨서 쓰레기통에 처넣은 다음 이렇게 말했다.

"저 집에서는 말이지, 종종 있는 일이야."

잠이 오지 않아 부인에 대해 생각하는데 창문을 두드리는 소리가 났다. 달빛을 등진 형의 모습이 양탄자에 비쳐 창틀의 푸르스름한 빛 속에서 실루엣처럼 흔들린다.

"알겠냐? 나는 이 집을 나간다. 돈이 필요해. 아버지 바지 주머니에서 지갑을 훔쳐와."

"싫어."

형은 검은색 소형 권총을 꺼내 소년의 뺨에 총구를 갖다 댔다. 금속의 차가운 감촉이 졸음을 달아나게 한다.

"누군가를 이걸로 죽여버려도 돼? 돈이 있으면 이런 거 사용하지 않고 끝낼 수 있어. 아버지와 어머니한테도 분명 그 편이 좋을 거고. 내가 문제를 일으키면 가장 곤란한 건 그 인간들일 테니까."

소년은 어쩔 수 없이 방을 나섰다. 아버지의 바지 주머니는 눈에 띄지 않았다. 부엌 쓰레기통을 뒤져 부인이 건네준 쪽지를 주워 들었다. 살해당하고 말 겁니다, 도와주세요, 하고 휘갈겨 쓴 글씨가 희미한 빛을 받아 도드라진다.

"아무 데도 없을 리가 있나. 그럼 아마도 침실에 있겠지. 자고 있을 테니까 몰래 들어가면 돼. 들어가면 바로 소파 위에 바지가 있을 거야. 괜찮으니까 가져와. 야, 내 말대로 해."

"못 해. 그런 거 못 해."

느닷없이 형이 주먹을 휘둘러 소년은 바닥에 나동그라졌다. 머리가 어지러워서 일어날 수가 없었다. 꼼짝도 하지 않고 있는데 이윽고 열린 문 저편에서 아버지 목소리가 났다. 제발 총소리만은 들리지 않기를, 하고 빌면서 소년은 귀를 쫑긋 세웠다.

"이 바보 멍청아, 무슨 짓을 하고 있는지 알아?"

소년은 관자놀이 언저리를 누르면서 천천히 일어났다. 부모님의 침실을 엿보니 실오라기 하나 걸치지 않은 모습의 아버지와 어머니가 있었다. 형은 등밖에 보이지 않았다. 시큼한 냄새가 실내에 가득 차 있다. 이런 짓을 저지르다니, 하고 아버지가 중얼거렸다.

"젠장. 닥쳐. 시끄러워. 개자식."

"빌어먹을. 이런 짓을 저지르다니."

"방아쇠를 당기지 않을 거라고 생각해? 내가 이 총을 쏘지 않을 거라고 생각해? 어, 해볼까? 봐라. 이 한심한 영감탱이야."

어머니가 아버지의 팔을 잡아당겼다. 형은 협탁 위에 놓인 아버지의 지갑을 꽉 움켜쥐더니 방을 뛰쳐나갔다. 엿보던 소년은 걷어차여 다시 바닥에 나동그라졌다. 그대로 마룻바닥에 귀를 붙인 채 부리나케 도망치는 형의 발소리를 들었다. 잠시 뒤 기다리고 있었던 듯 자동차의 타이어가 땅 위를 격렬하게 스치는 듣기 싫은 소리가 귀에 와 닿았다.

어머니는 한마디도 묻지 않았다. 학교 교문에서 헤어질 때도 거칠게 입맞춤을 할 뿐, 언제나 어김없이 말하는 조심해, 역시 없었다.

여름이 다시 돌아온 듯한 무더운 날이 이어졌다. 빛으로 하얗게 변한 거리는 4B 연필로 그린 크로키. 햇살은 플라스틱 지우개처럼 시야에 들어오는 걸 있는 힘껏 다 지워버리려고 했다.

"또 개가 살해당했다는데."

"일주일 사이에 두 마리야. 경찰이 조사를 시작했대."

"그 포대를 쓴 남자의 소행이 분명해."

소년은 잠자코 듣기만 했다.

수업이 끝나고 소년은 혼자서 포대를 쓴 남자를 찾으러 나섰다. 한 시간이나 헤매다 동네를 한 바퀴 빙 돌았다. 한참을 돌아다녔지만 끝내 남자를 찾을 수 없었다.

동네 서쪽이 숲과 이어져 있고, 큼지막한 집 몇 채가 나란히 서 있는 이 조그마한 동네와 어울리지 않는 고급 주택가 한구석에 큰 볼륨으로 음악을 틀어놓은 저택이 있었다. 담장 너머로 정원 안을 훔쳐보니 커다란 수영장이 있고 그 가장자리에 놓인 접의자 위에서 수영복 바지 차림의 남자가 흐트러진 채로 엎드려서 반짝이는 수면을 바라보고 있었다. 남자의 발밑에 있는 시디플레이어에서 경쾌한 로큰롤이 흘러나온다. 아무래도 시디가 아니라 라디오방송을 듣는 듯 디제이가 때때로 곡명을 소개했다. 남자는 물에 들어갈 기색도 들어갔던 기색도 아니고 마치 한 폭의 그림 속 인물처럼 미동조차 하지 않는다. 표정은 없고, 안구의 형태를 똑똑히 알 수 있을 정도로 눈이 움푹 패어 있었다. 엎드려 있는데도 그 시선만은 날카로웠다. 눈을 전혀 깜빡거리지 않는 탓에 죽은 건 아닐까 걱정이 되었다.

감출 수 없는 것

음악이 끊어지고 뉴스가 시작되자 남자 아나운서의 굵직한 목소리가 숲 속 주위로 울려 퍼졌다. 이웃집에서 멀리 떨어진 까닭에 볼륨을 크게 하고 라디오 방송을 들을 수 있는 거라고 소년은 추측했다. 남자 바로 앞에 펼쳐진 세계와 아무 상관 없이 라디오 방송은 세상 속에서 일어난 일을 전해준다. 넓디넓은 저택에는 사람의 기척도 없고 수영장 뒤쪽에 펼쳐진 정원은 손질이 두루 잘되어 황폐한 구석은 보이지 않는다. 수영장 가장자리에는 물방울조차 묻어 있지 않고 반들반들한 타일 표면에서 난반사하는 빛만 눈부시게 존재하고 있다. 남자는 접의자 위에서 몸을 일으키고 무릎을 감쌌다.

느닷없이 이 사람이 포대를 뒤집어쓴 남자일지도 모른다는 생각이 소년의 뇌리에 스쳤다. 접의자 위에 엎드려 있는 포대 쓴 남자를 상상해본다. 그 사람이라면 여기서 무슨 생각을 할까? 아나운서가 어느 나라에서 인도적 지원 활동을 하고 있는 의료봉사단 차량이 습격당해 전원이 사망했다고 전했다. 소년은 등 뒤를 돌아본다. 길을 사이에 두고 저쪽에는 숲이 있다. 높다란 나무숲이 하늘을 가리고 있었다. 저택의 대지 끄트머리에는 교차로가 있다. 숲을 따라 나 있는 국도와 동네의 중심에서 숲을 가로지르는 형태로 옆 동네로 향하는 길이 교차한다.

라디오는 광고 방송으로 바뀌고 보험회사의 전화번호가 경쾌한 음악에 맞춰 반복해서 나온다. 수영장 가장자리에 있는 남자가 담 너머로 엿보는 소년을 발견했다. 당황하거나 놀라는 기색도 없이 남자는 감정이 깃들지 않은 붕 떠 있는 듯한 공허한 눈으로 소년을 물끄러미 바라본다. 선거운동 광고 방송이 나와도 남자는 소년에게서 눈을 떼지 않았다. 텅 빈 동굴 같은 눈동자 속으로 소년은 빨려 들어갔다. 세상의 빛을 삼켜버릴 듯한 끝없는 어둠이 그곳에 있었다. 허무의 입구 같은 그 눈동자를 감추기 위해 이 사람은 언제나 포대를 뒤집어쓰고 있는 건지도 모른다고 소년은 생각했다. 소년은 당신이죠, 하고 따지고 싶었지만 목구멍을 간질이기만 할 뿐 입 밖으로 튀어나오지는 않았다.

라디오에서 흘러나오는 소리 저편으로 사이렌이 울렸다. 사이렌 소리는 바람에 흔들리고 숲 속의 나무들에 부딪쳐 멀어졌다가 가까워졌다가를 되풀이했다. 남자가 돌연 고개를 쳐들었기 때문에 소년은 담에서 떨어져 돌아다보았다. 사이렌을 울리며 교차로로 깊이 파고들던 순찰차가 마찬가지로 엄청난 속도로 달려오던 스테이션왜건과 부딪쳤다. 서둘러 브레이크를 밟았지만 간발의 차이로 양쪽은 교차로 중앙에서 세게 충돌했다. 각각 브레이크를 밟으면서 노련하게 핸들을 꺾었기 때문에 정면충돌은 피했지만 옆면과 옆면이 밀어붙여져 인도로 튕겨 올라 소화전과 세차게 부딪쳤다. 사고 직후 보험회사 광고가 다시 흘러나왔다. 이런 한가로운 동네이기에 반대로 그런 사고가 일어난다고 소년의 아버지는 그날 밤 어머니에게 힘주어 말했다. 소화전이 파괴돼 저택보다도 높다랗게 물기둥이 솟구치고 사고 현장 바로 위에 아름다운 무지개가 걸렸다. 소년은 옆으로 쓰러진 스테이션왜건에서 기어 나온 사람이 자신의 형이 아니라는 것을 알고 안도했다. 어머니는 리모컨으로 텔레비전 전원을 끄면서 순찰차가 세 번째 개가 살해된 현장으로 가는 길이었다고 아는 척을 했다. 경찰이 탄 차에서 희끄무레한 연기가 피어올랐다. 텔레비전을 끄자 방은 조용해진다. 소년은 수영장 가장자리를 돌아다보았지만 이미 그 남자의 모습은 없었다. 아버지는 위스키를 마시면서 세상이 뒤숭숭하다고 한탄했다. 수영장 수면이 불타오르듯 반짝거렸다. 반짝이는 수면 밑에 하나 가득 물이 숨겨져 있다. 일곱 빛깔로 반짝이는 무지개 끄트머리가 수영장 안으로 내리꽂힌다.

이튿날 교장선생님이 요즘 괴이한 사건이 자주 일어나고 있으니 집으로 돌아갈 때 각별히 조심하라고 교내 방송으로 신신당부했다. 아이들은 몇 가지 사건에 대해 서로 이야기했지만 자신들의 상상력에 따라 편리한 대로 연결해서 가짜로 꾸며냈다. 어느새 포대를 쓴 남자는 어린 시절 개에게 물려 개에 대해 격렬한 미움을 안고 있고, 온몸에 물린 자국이 있으며, 그 흉터를 감추기 위해 포대를 뒤집어쓴 인물이 되었다. 스테이션왜건을 운전하고 있던 사람도 포대를 쓴 남자이며, 자동차에서 개의 사체가 여러 구 발견되었다는 식으로 이야기는 한없이 꾸며지고 고쳐졌다.

교차로에서 순찰차와 충돌한 스테이션왜건을 운전하던 젊은 남자가 사고 현장에서 도주할 때 소년과 눈이 마주쳤다. 소년의 아버지는 위스키를 홀짝거리며 스테이션왜건 운전자는 사고 직후 어디론가 도망쳤다고 덧붙였다. 옆으로 쓰러진 스테이션왜건에서 기어 나온 남자와 소년은 몇 초 동안 시선을 주고받았다. 어디선가 본 적이 있는 얼굴이지만 떠오르지 않는다. 어머니는 소년의 형이 앉아 있던 자리를 한 번 힐끗 본 뒤 고개를 푹 숙였다. 아버지는 담배를 피우면서 스테이션왜건은 도난 차량이고 트렁크에서 엄청난 양의 마약이 발견된 것 같다고 알려주었다. 운전하던 남자는 분명 마약 판매책 같은 거였을 터이다. 그래서 도망친 거다. 마약이 뭐냐고 소년은 질문했지만 아무도 대답해주지 않았다.

사고가 나고 몇 분이 지나자 동네 사람들이 하나둘 모이기 시작하고 순찰차 안에서 피투성이가 된 경찰이 구출되었다. 소년은 담 너머로 다시 한 번 저택의 정원을 훔쳐보았지만 수영장 가장자리에는 접의자가 있을 뿐이었다. 어느새 라디오 소리는 사라지고 대신 스테이션왜건의 경적이 울려 퍼지고 있었다. 소년의 아버지는 이제 자러 간다고 중얼거리고 자리에서 일어났다. 어머니는 잠자코 어느 한곳을 지그시 바라보았다. 무슨 생각을 하느냐고 소년이 묻자 너랑은 상관없다고 소곤거리고 눈동자 속에 슬픔의 빛을 담아 살짝 웃어 보였다.

다음 날 경찰 두 사람이 소년의 집으로 찾아왔다. 사고 현장에서 소년을 목격한 주민이 있었다. 처음에 어머니는 가출한 형과 관련 있는 일이 아닐까 안절부절못했다. 소년도 형이 권총을 갖고 있다는 사실을 떠올렸다.

"너, 그 자리에 있었니?"

어머니가 깜짝 놀란 얼굴로 캐물었다.

"있었어."

"그런데 왜 어제 말 안 했어?"

"그냥."

"왜 거기 있었어? 어째서 그런 곳에?"

끓어오르는 의문 탓에 어머니의 눈썹이 미세하게 떨린다.

"뭐 하고 있었어, 거기서? 무슨 냄새를 맡으려고 킁킁대며 돌아다니는 거야?"

소년은 순찰차 안에서 도주한 인물의 특징을 질문받았지만 기억나지 않는다고 거짓말을 했다. 현장에 도착해 담 옆에 서서 수영장 가장자리를 응시했다. 물은 뽑아져 있고, 접의자는 접어서 벽에 세워져 있다. 경찰에게 트집 잡히지 않을 만한 설명을 했다. 왜 거짓말을 하는지 알 수 없었다.

경찰들이 돌아갈 채비를 했다. 소년은 좀 더 그들과 함께 있고 싶었다. 주머니에서 쪽지를 꺼내서 내밀었다. 한 사람은 이게 뭐냐는 반응을 보였고 또 한 사람은 무선으로 보고를 한다.

키가 큰 경찰은 소년의 형을 알고 있고 예전에 한 번 훈계한 적이 있다고 알려주었다. 키가 작고 체격이 좋은 경찰은 줄곧 껌을 질겅질겅 씹고 있었다. 소년은 경찰 두 사람과 함께 감금되어 있다고 도움을 청한 부인의 집으로 향한다.

"왜 좀 더 빨리 알리지 않았어?"

키가 큰 경찰이 운전을 하면서 커다란 목소리로 물었다.

"어머니한테 그걸 보여줬더니 종종 있는 일이라고 했어요."

"종종 있다고?"

"그 이상은 몰라요."

순찰차 뒷좌석에 앉아 유리창 너머로 우리 동네를 바라보았다. 늘 보는 풍경이건만 뭔가 다르다. 신부님이 커다란 짐을 부둥켜안고 걸어가고 있었다. 창문에 얼굴을 갖다 대고 손을 흔들었지만 신부님은 알아차리지 못했다. 잔디밭에 물을 뿌리는 사람과 조깅을 하는 여자, 현관 앞에서 웃으면서 즐겁게 이야기하는 노인들이 보였다. 다들 아는 사람이거나 그저 얼굴만 본 사이였다. 마치 브라운관을 통해 보는 세계 같다.

개가 살해된 할머니의 집 앞을 지나갔다. 꽃을 심지 않은 화단에 흙이 쌓여 있고 새하얀 십자가가 꽂혀 있다. 개를 그곳에 묻었나 보다, 하고 소년은 생각했다. 블라인드는 오늘도 빠짐없이 쳐져 있었다.

순찰차가 목적지에 도착한 바로 그때 무선호출이 들어오고 개가 또 살해당했다는 소식을 알려주었다. 껌을 씹는 경찰이 대답했다. 오케이, 알았어, 나중에 합류하겠다. 키가 큰 경찰이 또야, 하고 투덜거린다. 이대로 가다가는 언젠가 이 동네에서 개가 모조리 사라져버리겠어.

소년은 순찰차에서 내려 기억을 더듬으며 당시 일을 손짓 발짓으로 전해주었다. 키가 큰 경찰과 소년은 순찰차로 돌아가 대기하고, 껌을 씹는 경찰이 혼자 캐물으며 돌아다니기 시작했다. 때때로 본부와 무선을 주고받으면서.

"예수님은 백인이었다고 생각하나요?"

골목 끝에 우리 집 우편함이 보인다. 이웃에 사는 사람이 줄줄이 현관 앞에 나타나 키가 작은 경찰과 이야기한다. 경찰은 웃다가 어깨를 움츠려 보인다. 문제의 집은 역시나 블라인드가 딱 쳐져 있다. 흰색 관처럼 보이는 집.

"음, 생각할 것도 없어. 하였겠지. 그런데 왜 나에게 그런 걸 묻지? 내가 흑인이라서?"

흑인의 피가 섞여 있다는 건 한눈에 봐도 알 수 있다. 그런 게 아니에요, 하고 소년은 고개를 가로저었다.

"하얀지 까만지, 알고 싶은 건 아니에요. 왜 모두 하얗다고 단정하는지 모르겠거든요."

"그럴지도 모르겠구나. 그렇다고 생각해. 하지만 그 이야기는 나한테는 조금, 음 그러니까 나는 기독교 신자가 아냐. 나한테는 나의 신이 있어. 예수에 대해서는 잘 몰라."

다른 신이 어떤 존재인지 새삼 흥미가 샘솟았지만 그걸 질문할 만한 지식이 없어서 꾹 참았다. 껌을 씹고 있는 경찰이 돌아와서 어서 내려, 하고 재촉했다. 소년은 또다시 눈을 가늘게 떠야 했다. 눈부신 햇살 속에서 갈색 피부를 지닌 경찰 두 사람이 버티고 서 있다.

"해결했어. 아무런 문제도 없어."

껌을 씹는 경찰이 동료를 향해 퉁명스레 말을 건넸다. 적어도 소년에게는 퉁명스럽게 들렸다.

"문제없어요?"

소년이 되물었다.

"어, 이제 그 일은 잊어도 돼. 너희 어머니가 말한 대로야. 종종 있는 일이었어."

경찰은 차에 올라타고 소년을 그곳에 내버려둔 채 출발했다. 소년은 감금되어 있다며 도움을 요청한 부인의 집을 돌아보았다. 집이 번쩍한 것 같은 기분이 들었다. 태양이 또 장난을 치는 것 뿐이라는 걸 알지만 부르는 것처럼 느껴졌다.

경찰은 집에 들어가지도 않았으면서 모두 해결했다고 단정했다. 주위를 살핀 뒤 소년은 그 집에 발을 들여놓고 벽을 따라 뒤편으로 향했다. 뒤편으로 돌아가기 위해서는 철문을 타고 넘어가야 한다. 손바닥만 한 정원이 건물 바로 뒤에 있고 거기에 이웃집 벽이 가까이 있다. 붉은 삭과(蒴果)를 잔뜩 매단 식물의 두툼한 이파리가 햇빛을 군데군데 차단하고 있다. 녹슨 자전거와 구형 잔디 깎이가 한복판에 내팽개쳐져 있었다. 여기도 블라인드가 쳐져 있었지만 건물과 땅바닥의 경계에 쇠로 된 작은 격자 방범창이 붙은 환기창만 안쪽으로 열려 있었다. 엎드려서 안쪽을 훔쳐보며 숨을 죽였다. 쪽지를 건네준 여자가 알몸으로 자그마한 침대에 누워 있다. 부인은 실이 끊어진 꼭두각시 인형처럼 침대 위에 힘이 쑥 빠져서 축 늘어져 있다. 이런 분위기는 수영장 가장자리 접의자에 엎드려 있던 남자의 모습을 떠오르게 했다. 하지만 묶여 있다거나 고문을 받은 흔적은 없다. 소년을 놀라게 한 건 그 눈길이다. 수영장 가장자리에 있던 남자와 비슷한 공허한 눈으로, 벽에 붙은 조그만 창문에서 새어 들어오는 햇살이 침대 곁의 물병에 반사되어 만들어놓은 듯한 신비한 빛의 형태를 바라보고 있었

118

다. 눈은 도려낸 듯 아주 동그랗고 턱은 쑥 내밀고 있고 입은 야무지지 못하게 조금 벌어져 있어 시체처럼 보였지만 때때로 쭉 뻗은 팔 끝에서 벌어진 손가락 다섯 개가 파르르 떨려 살아 있다는 걸 알려주었다. 부인의 피부는 약간 땀에 젖어 반질반질 윤이 났다. 금빛 머리카락과 음모가 거꾸로 부드럽게 물결치고 있다. 말을 걸어야 하나 망설였다. 부인의 눈은 분명 그곳에 비치는 빛을 보고 있지만 동시에 다른 차원의 세계를 보고 있다. 이리저리 춤추는 빛의 형태를 통해 그녀의 의식이 완전히 다른 차원으로 미끄러지듯 빨려 들어가는 느낌이 들었다. 그 증거로 부인은 이따금 빛의 형태를 향해 입술을 살짝 달싹거리며 말을 걸려고 했다. 소년은 넋을 잃고 바라보면서도 이 사실을 경찰에게 알려야 할지 고민했다. 부인의 남편으로 보이는 사람이 지하실로 내려와 물병의 물을 부인의 입에 부었다. 그리고 여자의 몸을 수건으로 닦았다. 잘 무두질된 가죽제품처럼 부인의 피부는 반짝반짝 빛났다. 기분 좋은 듯 부인은 눈을 가늘게 떴다. 남편은 머리숱이 적고 조금 살이 쪘지만 근육질이고, 손과 발과 코가 큼지막했다.

　종종 있는 일이라고 어머니는 소년에게 말했다. 뭐가 종종 있는 일인지 소년은 모른다. 해결했어, 아무런 문제도 없다고 경찰은 말했다. 부인이 여기에 감금되어 있는데 왜 아무런 문제도 없을까, 하고 소년은 생각했다. 부인은 살해당할 겁니다, 도와주세요, 하고 애원했다. 부인의 남편은 일어나서 낡은 스테레오 턴테이블에 레코드를 올려놓았다. 어느 나라 민요인지 알 수 없지만 스테레오 턴테이블과 맞먹는 고리타분한 음악이 흘러나오기 시작한다. 부드러운 햇살이 환기창에서 쏟아져 내려오고 바닥 일부에 스포트라이트 같은 빛의 동그라미가 만들어졌다. 남편은 일어서더니 입고 있던 셔츠를 벗어버리고 속옷 차림이 되어 춤을 추기 시작했다. 부인은 윗몸을 일으키고 왼손으로 머리를 짚은 채 춤을 추는 남편을 지루한 듯 보고 있다. 남편은 내내 춤을 췄지만 부인은 입술을 굳게 다문 채 웃지도, 성원을 보내지도 않고 나른한 시선을 보냈다. 종종 있는 일이라고 말한 어머니의 목소리가 다시 소년의 머릿속에 되살아난다. 종종 있는 일이란 감금일까, 아니면 탈출? 아니면 춤? 남편은 진지하게 춤추고 있다. 머리 위에서 내려다보기 때문에 표정은 알 수 없다. 하지만 뒷머리는 이미 땀으로 범벅이 되었다. 하얀 속옷과 그을린 피부의 경계에서 가슴 털이 비죽 비어져 나왔다. 가슴 털이 등까지 닿은 걸 보고 마치 곰 같다고 소년은 생각했다. 어쩐지 우스워져서 소년은 벌렁 드러누워 서둘러 숨을 삼켰다. 웃음을 참는 게 괴로워 몸부림을 쳤다. 좁은 공간에 태양은 없고 그저 파란 하늘이 조그맣게 입을 벌리고 있었다.

어머니가 미사가 끝난 뒤 나가려는 신부님을 붙잡고 서서 이야기를 시작하기에 소년은 돌계단에 앉아 집으로 돌아가는 사람들을 바라보기로 했다. 청년 하나가 날아가는 새처럼 성당 앞 광장을 쏜살같이 가로질러 가고 있다. 어머니는 소년을 힐끗 돌아본 뒤 참회할 게 있다고 신부님에게 재빨리 귓속말을 건넸다. 청년은 슈퍼마켓 종업원들이 입는 빨간 제복을 입고 배달용 수레를 밀고 있다. 소년은 먼저 돌아간다는 말을 남기고 그 자리를 떠났다. 어머니는 뛰기 시작하는 소년의 등을 응시했고 신부님은 하늘로 눈길을 돌렸지만, 두 사람 모두 표정은 공허하고 마음은 그 자리에 없었다.

　슈퍼마켓 뒤에 있는 주차장 그늘에 수레를 놓은 뒤 청년은 주차 경계석에 앉아 담배를 한 개비 피워 물었다. 시간이 이른 탓인지 정차된 차는 겨우 몇 대뿐이고 나머지는 빛을 반짝반짝 반사하는 넓은 콘크리트 바다였다. 청년은 마치 모래밭에 앉아 있는 노인처럼 힘없는 모습으로 환상 속의 수평선을 멍하니 바라본다. 소년은 배달 차 뒤에 숨어서 눈에 불을 켜고 있었다. 순찰차와 충돌한 스테이션왜건에서 기어 나온 청년이 틀림없다. 청년의 눈은 깜박거림조차 잊고 한곳을 응시한다. 어쩌면 이 청년이야말로 포대를 쓴 남자인지도 모른다고 소년은 상상했다. 청년과 포대를 뒤집어쓴 남자의 모습이 겹친다. 청년은 그늘에 앉아 빛이 반짝거리는 넓은 바다와 대치하고 있다.

청년이 담배를 비벼 끄기 위해 윗몸을 비틀었을 때 배달 차 그늘에 있던 소년과 눈이 마주쳤다. 서로의 기억이 넓은 바다에 붕 떠오른다. 청년은 엉거주춤 일어나 두 눈썹 사이에 힘을 주었다. 고개를 살짝 갸웃하며 기억을 더듬는다. 소년은 신변의 위협을 느끼고 냅다 달렸다. 이봐, 기다려, 청년의 목소리가 등 뒤에서 터져 나온다.

땅바닥을 찰 때마다 묵직한 감촉과 진동이 발바닥으로 치밀어 오른다. 길은 약간 경사가 져서 좀처럼 속도가 나지 않는다. 성당 앞 광장에 신부님이 있었다. 외출하려는 듯 책과 종이봉투를 들고 있다. 어머니의 모습은 보이지 않았다. 소년이 신부님, 하고 소리를 치자 뒤쫓아오던 청년은 광장 입구에 멈춰 섰다. 청년은 주위를 두리번두리번 둘러보더니 건물 그늘로 숨어 들어갔다.

"왜 그러니?"

"나쁜 사람을 발견하면 어떻게 해야 하죠?"

소년은 등 뒤를 돌아보고 광장 전체에 들릴 정도로 커다란 목소리로 묻는다.

"제가 그 사람을 심판할 수 있나요?"

신부님은 고개를 가로저었다.

"아니, 그건 불가능해."

"그럼 어떻게 하면 돼요?"

신부님은 평소처럼 온화하게 웃은 뒤 이렇게 말했다.

"만약에 나쁜 짓을 저지르는 사람을 발견하면 어른과 상담을 해라. 절대로 너 혼자 행동해서는 안 된다."

소년은 슈퍼마켓 근처를 피해 빙 돌아가기로 했다. 풀이 우거진 빈터에 까마귀가 모여 있었다. 깨진 벽돌담과 내버려진 하수도관 주위에 까마귀 몇 마리가 모여 있다. 풀 냄새가 섞인 비릿한 피 냄새. 아직 살아 있지만 개는 숨이 거의 끊어진 상태로 괴로운 듯 헐떡이고 있다. 들여다보니 피범벅인 이빨이 보였다. 범인이 가까이에 있는 것 같은 기분이 들어 소년은 사위를 둘러보았다. 이웃집의 블라인드는 처져 있다.

아버지는 일 때문에 급하게 외국에 나가야 한다고 알려주었다. 소년은 얼마나 걸리느냐고 물었다.

"일주일 정도. 그동안 엄마를 부탁한다."

"내일부터예요?"

"문단속 잘하고 나쁜 놈이 들어오지 못하게 개 대신 집을 잘 지켜라."

소년은 어머니를 돌아다보았다. 칼로 고기를 썰고 있었는데 시선은 고기가 아니라 새하얀 식탁보에 쏠려 있었다. 붉은 피를 머금은 육즙이 접시 위에 고여 있다. 소년은 막대기로 개의 몸뚱이를 찔러보았다. 개는 필사적으로 저항하며 막대기를 깨물었다. 막대기를 잡아당기자 개는 비틀비틀 하수도관에서 나온다. 이 스테이크 맛있군, 하고 아버지가 중얼거린다. 슈퍼마켓에서 사왔는데요, 하는 어머니. 소년은 전혀 손을 대지 않았다. 붉은 개인가, 착각할 정도로 피가 흥건하게 젖어 있다. 찢어진 배에서 살점과 긴 관 같은 내장이 튀어나와 있었다. 하수도관에서 그 부분들도 함께 질질 끌려 나온다. 이제 원래대로 되돌아갈 수 없다고 소년은 느꼈다. 까마귀가 조금 떨어진 장소에서 개를 바라보고 있다. 개의 눈이 애처롭게 호소한다. 소년은 서글퍼져서 막대기를 휘두르며 까마귀를 내쫓았다. 또 개가 살해당했대요, 하고 어머니가 덧붙였다. 까마귀는 날아가 버리고 다시금 햇살이 소년의 눈을 찔렀다.

"하느님은 똑똑히 보고 있어. 분명 범인을 심판할 거다."

아버지가 어머니의 눈을 똑바로 바라보면서 말했다. 어머니는 그래요, 하고 중얼거리고 눈길을 돌렸다.

이튿날 몸이 안 좋아서 소년은 조퇴를 했다. 집에 돌아가니 전화벨이 울리고 있고, 어머니의 모습은 보이지 않았다. 전화가 한번 끊어지고 다시 벨이 울려댔다. 계속 이어져서 소년이 수화기를 들었다.

"지금 막 헤어졌는데 또 하고 싶어. 방금 전에 안았는데 또 안고 싶군. 한 바퀴 빙 돌아서 다시 왔어. 줄곧 저속 기어로 달렸어. 클러치가 망가질 것 같군. 한 번만 더 당신의 얼굴을 보고 싶어."

흥분한 듯한 남자의 목소리가 수화기에서 튀어나왔다. 전화선을 타고 일그러진 거슬거슬한 목소리. 소년은 잠자코 실내를 둘러본다. 벗어서 내팽개친 속옷처럼 빨간 스카프가 소파 위에 아무렇게나 놓여 있다.

"저기, 어서 나와. 나는 당신 얼굴이 보고 싶어. 이제 곧 당신 집에 도착해. 자, 도착했어. 당신을 놀라게 하려고 돌아왔어. 몸이 달아오른 사이에, 자, 딱 한 번만 더 보여줘, 당신의 욕망을."

정원으로 통하는 창문 커튼이 조금 벌어져 있다. 전화기를 붙잡고 창가까지 가서 커튼 사이로 바깥을 엿보았다. 까만 자동차가 길 반대편에 세워져 있다.

"여보세요?"

남자가 눈치를 살피듯 뜸을 들였다. 수화기를 갖다 댄 채로 소년은 커튼을 힘껏 젖혔다. 동시에 전화가 끊어졌다.

계단을 뛰어 내려오는 발소리가 들려 돌아보니 어머니였다. 젖은 머리카락을 수건으로 말리면서 어떻게 된 거니? 학교는? 하고 다그쳤다. 젖은 머리칼이 살갗에 붙어 있는데 얼굴은 화장한 상태였다. 한 번 지우고 나서 새로 화장을 한 것 같은 흐트러짐 없는 완벽한 아름다움이었다. 수화기를 노려보며 누구한테서? 하고 두 눈썹 사이에 주름을 잡으며 물었다.

소년은 남자한테서, 하고 중얼거렸다. 집 앞에 이상한 차가 있어.

"끊어졌어?"

어머니는 커튼이 젖혀진 창밖을 한 번 힐끔 보고 소년에게서 수화기를 빼앗아 귀에 갖다 댔다. 엔진 소리가 울려 퍼지고 검은색 자동차가 부리나케 출발했다. 어머니는 수화기를 내려놓고,

"자, 간식 먹자."

하고 화제를 바꿨다.

"저기, 아버지가 말한 거 진짜야?"

어머니는 냉장고에서 아이스크림을 꺼내면서 뭐가, 하고 되묻는다.

"하느님은 똑똑히 보고 있다고 했잖아."

그래, 틀림없이. 쌀쌀맞은 대답. 하느님은 엄마도 보고 있어? 어머니는 뒤돌아보며 식탁 앞에 앉아 있는 소년을 노려본다. 고해성사 받으러 간 거야? 하고 몰아붙이자 어머니는 아이스크림을 소년 앞에 탁 내려놓고 너, 듣고 있었구나. 엄마랑 신부님이하는 이야기를, 하고 가시 돋친 말투로 물었다.

"뭐를 참회하는데?"

"대단한 건 아냐. 종종 있는 일이야."

소년은 끈질기게 물고 늘어졌다. 어머니는 화장실로 가서 거울을 마주 보았다. 마치 시멘트로 울룩불룩함을 방지하는 도로 공사처럼 파운데이션을 촘촘히 바르면서 아빠는 원래 엄마 여동생의 애인이었어, 하고 고백했다.

"아직까지도 우리는 사이가 안 좋아. 그걸 참회하려고 했어."

그런데, 하고 중얼거리더니 얼버무리려는 듯 피식 웃는다.

"신부님이 요즘 몸이 좋지 않다면서. 그래서 조금 건강해질 때까지 고해성사는 잠깐 기다려달라고 하더라. 남의 이야기를 듣는건 그만큼 힘든 일이겠지. 얼마나 고생스러울지 알아. 나라면 할수 없는 일이야. 하느님을 대신해서 인간의 괴로운 고백을 들어줘야 한다는 건……."

어물어물 넘기려는 듯 어색하게 웃는 어머니의 얼굴을 소년은 쏘아본다. 어머니의 맨얼굴을 한동안 보지 못했다. 아침에 일어났을 때는 이미 화장을 마쳤고 밤에는 소년이 먼저 잠들어버렸기 때문이다. 오른쪽 뺨 피부 안쪽에 피가 고였을 때도 엷게 화장을 하고 있었다. 줄곧 아름다운 어머니로 있어주기를 바라기에 소년도 맨얼굴을 보고 싶은 생각은 없다.

"제가 그 사람을 심판할 수 있나요?"

신부님은 고개를 가로저었다.

"만약에 나쁜 짓을 저지르는 사람을 발견하면 어른과 상담을 해라. 절대로 너 혼자 행동해서는 안 된다."

소년은 버스정류장 옆 갓길에 대기하고 있는 순찰차를 발견했다. 슬쩍 엿보니 본 기억이 있는 얼굴이 운전석에서 햄버거를 우적우적 먹고 있다. 상대도 소년을 알아보고 하얀 이를 드러내며 웃어 보였다.

"뭐야, 수업이 벌써 끝났어?"

"무슨 말씀이세요. 훨씬 전에 끝났어요."

언제나 껌을 씹고 있는 동료 경찰은 보이지 않는다. 경찰은 나쁜 사람을 심판할 수 있어요? 하고 소년은 물었다.

"잡을 수는 있지만 심판하는 건 곤란해. 심판은 재판정에서 하지."

"하느님이 아니고요?"

"내가 할 수 있는 말은 재판정에서 나쁜 사람을 심판한다는 것뿐이야. 나쁜 사람을 알고 있니?"

소년은 네, 하고 고개를 주억거렸다. 이야기해봐, 하고 경찰이 말했다. 손수건으로 손을 닦으면서 키가 작은 경찰이 공원 쪽에서 돌아왔다.

순찰차는 숲을 따라 조금 떨어진 장소에서 멈춰 서고 엔진을 껐다. 라디오 소리는 들리지 않는다. 소년은 수영장에 있는 저택을 손가락으로 가리키고 저기로 도망쳤어요, 하고 경찰에게 알려주었다.

"왜 지난번에 거짓말을 했지?"

소년은 어깨를 움츠리며 거짓말을 한 게 아니에요, 판단을 할 수 없었어요, 하고 말했다. 뭐가 진실이고 뭐가 거짓인지 헷갈렸기 때문이라고 대답했다.

"커다란 수영장이 있어요. 수영장 가장자리에 접의자가 있고 범인은 거기에 엎드려 있었고요. 그 남자가 그날 차에서 기어 나와서 저 집으로 도망쳤어요. 저는 얼굴을 똑똑히 봤어요."

키가 작은 경찰이 난처하군, 하고 중얼거렸다.

"그치는 우리의 손길이 미치지 못하는 데 있는 인간이야. 아무래도 상사의 허락이 필요하겠어."

"경찰이 체포할 수 없는 사람이 있단 말인가요?"

껌을 씹으면서 키가 작은 경찰이 거북한 듯한 얼굴로 고개를 끄덕였다.

"체포는 할 수 있어. 하지만 절차가 필요해."

"그 사람은 여기 사람이 아니야. 우리 같은 이의 손길이 닿지 않는 높은 곳에서 사는 사람이지. 왜 그런 사람이 이런 시골 마을에 별장을 샀는지 도무지 알 수가 없어. 그저 아는 건 함부로 문을 두드릴 수 없다는 점뿐이야."

한심하네요, 하고 투덜거리고 소년은 혀를 끌끌 찼다. 그렇게 말하지 마, 하고 운전석에 앉아 있는 키가 큰 경찰이 중얼거렸다. 그때 검은색 자동차가 돌아와 저택 앞에서 멈췄다. 차고 문이 자동으로 열리기 시작한다. 소년은 그 차를 본 기억이 있다.

"지금 막 헤어졌는데 또 하고 싶어. 방금 전에 안았는데 또 안고 싶어."

차고에서 나온 사람은 수영장 가장자리에 있던 그 남자다. 소년의 심장이 혈액을 세차게 온몸으로 보내기 시작한다. 남자는 햇볕이 잘 드는 곳에 멈춰 서서 순찰차를 노려본다.

"저 사람이에요."

소년은 말했다.

"구름 위에 있는 사람이야."

소년의 형이 말했다.

"너 같은 건 상상도 할 수 없는 세상에서 사는 사람이야. 나는 그 사람 밑에서 일하고 있어. 정확히 말하면 일하기로 되어 있지."

"그럼 돈도 그 사람한테 받으면 되잖아."

소년은 어머니에게 들리지 않도록 소파 뒤에 숨어서 통화를 하고 있었다. 때때로 고개를 비죽 내밀고 계단과 부엌 쪽을 확인하면서.

"그렇지 않아. 그 사람에게 인정받기 위해서는 돈이 필요해."

"하지만 어디에 그런 돈이 있는지 나는 몰라."

"엄마 반지가 있잖아. 야, 언제나 자랑하는 커다란 반지."

"싫어."

"그럼 하는 수 없지. 이번에는 철저히 해야겠어. 좀 더 굉장한 일을."

"안 돼. 이번에 또 무슨 짓을 저지르면 심판을 받을 거야."

소년의 형은 웃음을 터뜨렸다. 신부님은 고개를 가로저었다.

"만약에 나쁜 짓을 저지르는 사람을 발견하면 어른과 상담을 해라. 절대로 너 혼자 행동해서는 안 된다."

소년은 신부님을 찾았다. 그 경찰들이라도 괜찮다. 아니면 어머니라도. 아니, 어머니는 안 돼. 이미 어머니는 저쪽 사람이 되었다. 상담할 수 있는 사람은 한정되어 있었다.

어스레한 성당 안을 찾아 헤맸지만 신부님의 모습은 보이지 않았다. 광장의 한복판에 건립된 지 얼마 안 된 평화를 상징하는 기념탑 그늘에서 별안간 청년이 얼굴을 내밀더니 소년이 지나가려는 걸 가로막았다. 제복을 입지 않은 탓에 누군지 바로 알아보지 못했다. 소년은 뒷걸음질을 치고 반대로 청년은 몇 걸음 가까이 다가섰다. 숨을 만한 장소는 없다. 햇빛이 수직으로 내리꽂혔다. 소년은 서서히 걷는 속도를 올리고 가장 가까운 골목으로 도망쳤다. 뒤돌아보니 청년이 쫓아온다. 소년이 달리기 시작하자 청년도 뛰어왔다. 전속력으로 달렸지만 따라잡힐 것 같다. 가까운 집

으로 숨어 들어가 문을 잠갔다. 블라인드 틈 사이로 바깥을 훔쳐
보니 청년이 하얀 십자가를 꽂은 화단 앞에 서 있었다. 누구야,
하는 목소리가 등 뒤에서 들렸다.

"이상한 사람이 쫓아와서요."

애완견을 살해당한 할머니는 다른 블라인드 틈 사이로 바깥을
훔쳐보았다.

"저 남자니?"

소년이 고개를 까딱하자 할머니는 곧장 안으로 들어가서 엽총
을 꺼내왔다. 잠금 장치를 풀고 문을 발로 차서 젖히더니 바깥으
로 나갔다. 할머니가 목표물을 정하자 청년은 움찔하며 뒷걸음질
쳤다. 블라인드 너머로 바라본 까닭에 마치 영화처럼 하늘과 땅
이 쩍 갈라지고 청년과 십자가와 할머니와 엽총만이 보였다. 젠
장, 하고 어머니가 소리친다. 두껍게 바른 화장 밑으로 땀이 송골
송골 맺힌다. 와인 병 하나가 텅 비어 있고 술 냄새가 났다. 금빛
머리카락은 땀에 젖어 얼굴에 달라붙어 있고 손가락 끝의 매니큐
어는 벗겨져 있었다. 감금되어 있던 여자를 떠올린다. 소년은 어
머니의 목덜미를 만졌다. 땀이 식고 있다. 젠장. 청년이 그렇게
지껄였다. 평소에는 절대로 사용한 적 없는 말로 어머니는 잠꼬
대를 되풀이했다. 할머니는 박제된 애완견을 소년에게 보여주었
다. 눈알까지 정교하게 재현되어 있고 게다가 털에는 방부 처리

132

가 되어 있었다. 살아 있는 듯한 털의 결이지, 하고 할머니가 자랑스레 말했다. 소년은 어머니를 벌거숭이로 만든다. 셔츠의 단추를 끄르고 브래지어의 후크를 푼다. 할머니의 허락을 받아 박제를 만져보니 의외로 따스한 기운이 남아 있었다. 소년은 어머니의 옷을 벗겨준다. 발가락 끝에도 페디큐어가 칠해져 있다. 스탠드 불빛에 따라 땀방울이 군데군데 금가루처럼 반짝반짝 빛났다. 소년은 어머니를 껴안고 천천히 바닥에 내려놓았다. 할머니는 박제 안에 히터를 집어넣었다고 알려주었다. 겨울에 난로 대용으로 쓸 수 있거든. 소년은 2층으로 올라가 계단의 층계참에서 마룻바닥에 누워 있는 어머니의 알몸을 바라보았다. 감금된 여자와 마찬가지로 아름답다. 긴 다리와 긴 팔이 마치 사체처럼 축 늘어져 있다. 표정은 머리카락에 감춰져 있어서 알 수 없다. 스탠드의 빛 탓일까, 피부가 금빛으로 반짝거려 보인다. 할머니는 지금도 개와 함께 잠든다고 고백했다. 폴라로이드카메라로 어머니를 찍었다. 셔터를 누르는 순간 소년은 털끝만 한 죄책감에 사로잡혔다. 넓적다리 안쪽에서 뭔가가 반짝였다. 물방울이다.

소년이 동급생들과 집으로 돌아가는데 반 친구 하나가 달려와서 야, 하고 큰 소리로 불렀다. 아이들은 눈빛이 달라져 뛰기 시작했다.

포대를 뒤집어쓴 남자가 네거리에 있는 공원에서 묘지 쪽으로 걷고 있었다. 아이들이 살금살금 뒤를 밟았다. 막대기와 돌멩이를 움켜쥔 아이도 있다. 공원 관리인이 골치 아픈 일은 벌이지 말라고 주의를 주었지만 아이들의 호기심은 부풀어 오르기만 했다. 묘지에 가려나 봐, 하고 누군가가 외친다. 그러자 묘지에 뭐 하러 갈까, 하고 다른 누군가가 흥분한 듯 묻는다. 소년만 홀로 불안한 마음을 안고 행렬의 가장 뒤에 붙어 따라갔다.

포대를 뒤집어쓴 남자는 무덤 한복판에 있는 벤치에 걸터앉았다. 아이들은 조금 떨어진 장소에 진을 쳤다. 휑뎅그렁한 무덤 한복판에 포대를 쓴 남자가 혼자 앉아 우두커니 고개를 숙이고 있다. 남자는 아무것도 하지 않고 무릎 위에 팔꿈치를 올리고, 두 손을 얼굴 앞에서 교차시키고 생각을 하고 있다.

"어떻게 할까? 해치울까?"

누군가 제안했다. 소년은 용기를 내서,

"저 아저씨는 남에게 해를 끼치는 나쁜 사람이 아냐."

하고 감싸주었다.

"하지만 예수님을 모욕했어."

"더구나 신성한 무덤 앞에 저런 차림으로 오다니."

소년은 저 아저씨와 이야기를 해본 적이 있다고 목소리를 높였지만 아무도 귀 기울여주지 않았다. 누군가가 포대 쓴 남자를 겨냥해서 조약돌을 던졌다. 발밑에 떨어졌지만 남자는 꼼짝도 하지 않았다.

"그만둬."

소년은 돌을 줍는 친구들에게 간절히 부탁했다.

"왜 저 남자 편을 들어?"

누군가가 또 돌을 던졌다. 이번에는 벤치에 맞아 둔탁한 소리가 났다. 그것을 신호로 돌을 던지기 시작했다.

야야, 그만둬! 경찰 두 사람이 묘지 입구로 얼굴을 내밀었다. 아이들은 허겁지겁 도망치고 소년만 그 자리에 남았다. 또 너냐, 키가 큰 경찰이 중얼거렸다. 키가 작은 경찰이 포대 쓴 남자를 불심 검문했지만 남자는 포대를 벗으려 하지 않았다.

모두 사라진 뒤에도 포대를 쓴 남자는 벤치에 걸터앉은 채로 있었다. 소년은 묘지 입구에서 동정을 살폈다. 동급생들이 돌아올지도 모르기 때문에 망을 보면서. 어쩌면 다시 한 번 이야기할 기회가 찾아오지 않을까 기대하고.

드넓은 묘지 한가운데에 남자가 있었다. 안쪽으로는 숲이 펼쳐져 있다. 모습이 보이지 않는 새가 아름다운 소리로 지저귄다. 바람 한 점 없고 그저 눈부시기만 한 세계. 남자는 고개를 조금 쳐들고 마치 기도하는 듯한 자세로 비석과 마주하고 있다. 소년은 다시 한 번 남자와 이야기하고 싶다고 생각했지만 그만두었다. 남자가 여기에 잠든 이들과 마주하고 있는 걸 알았기 때문이다. 아름답게 지저귀는 새소리가 울려 퍼진다. 시간이 흐르고 어느덧 남자라는 기묘한 존재도 해가 뉘엿뉘엿 저무는 묘지의 풍경과 동화해가고 있었다. 이질적인 것이 갑자기 평범해지고 익숙해진다. 소년의 눈에는 이미 포대를 뒤집어쓴 남자의 존재가 기이한 것이 아니라 풍경의 일부로 비쳤다.

집에 돌아가자 아버지가 와 있었다. 소년은 오셨어요, 하고 말했지만 아버지는 대답을 하지 않고 무서운 얼굴로 소년의 앞에서 자취를 감췄다. 계단을 뛰어 올라가니 어머니가 침대 옆에 웅크리고 앉아, 입에서 피를 흘리며 눈을 질끈 감은 채 아픔을 견디고 있다. 옷이 찢겨 뽀얗고 분홍빛이 도는 피부가 드러나 있었다. 하수도관 안에서 기어 나온 피투성이가 된 개를 떠올린다.

"아무 일도 아냐. 아무 일도 아니라고."

말을 하면서 어머니는 울음을 터뜨렸다. 계단 밑에서 유리창이 와장창 깨지는 소리가 커다랗게 들렸다. 털썩 주저앉은 어머니가 귀를 틀어막고 아아, 하고 신음했다. 그만둬요. 이제 그만둬.

소년은 계단 층계참에서 거실을 내려다보았다. 시야 속에 아버지가 왔다 갔다 하고 있다. 동물원의 호랑이 우리를 보고 있는 듯했다. 아버지가 움직일 때마다 형체가 있는 것이 파괴되었다. 유리로 된 큼지막한 꽃병이 산산조각 났다. 사진 패널, 스탠드, 액자 등이 벽과 바닥에 차례로 내동댕이쳐진다. 아버지는 고함을 치며 들어 올린 의자를 창문에 던져버렸다. 유리창이 깨지는 요란한 소리가 집 주위로 울려 퍼졌다. 소년은 부랴부랴 돌아가서 침실 문을 잠갔다.

신고를 한 걸까, 30분 정도 지나 아래층이 소란스러워졌다. 소년은 방에서 나와 동정을 살폈다. 경찰 두 사람은 거실 한가운데 소파 옆에 서 있었다. 모자와 제복이 보였다.

"자기 집 물건을 부쉈다고 딱히 죄가 됩니까. 그건 내 마음이죠. 아닙니까?"

아버지는 흥분한 듯 그런 말을 되풀이했다. 키가 작은 경찰이 진정시킨다.

"음, 냉정을 좀 찾으세요. 도대체 무슨 일인가, 이웃들도 걱정하고 있습니다."

키가 큰 경찰은 계단 위를 돌아보고 층계참에 있는 소년을 발견하자 입을 일직선으로 꽉 다물고 나서 고개를 주억거렸다. 소년은 어머니가 다쳤다고 호소했다.

"어이, 마음대로 올라가지 마. 거기는 사적인 장소야. 무슨 권리로 그런 짓을 하지?"

키가 작은 경찰이 소년의 아버지를 가로막았다.

"우리 집이야. 내가 산 집, 내가 부수는 거라고. 뭐가 나빠?"

소년은 키가 큰 경찰을 침실로 안내했다. 어머니는 바닥에 쓰러진 채 움직이지 않는다. 경찰은 어머니의 맥을 짚은 다음 무선으로 구급차를 불렀다. 소년은 부들부들 떨면서 계단을 내려갔다. 아버지의 분노는 가라앉지 않고 경찰을 향해 고래고래 호통을 쳤다. 정면에 있는 창문은 열린 채 박살이 났다. 늦여름의 미지근한 바람이 불어오자 얇은 커튼이 우아하게 나부꼈다. 현관도 열린 상태라 바깥에서 안쪽이 고스란히 들여다보였다. 이웃집 사람들이 집 안을 힐끔힐끔 엿본다. 아버지가 신경질적으로 소리를 쳤다.

"아저씨, 진정하세요. 뭔가 오해가 있었는지도 모르잖아요."

"아니, 오해 따위 없어. 저 여자는 자기 입으로 똑똑히 그렇게 말했다고. 일하고 돌아와서 녹초가 된 상태라 듣고 싶지 않았어. 빌어먹을."

아버지는 천장을 향해 계속 고함을 질러댔다. 소년은 계단을 뛰어 올라가서 침실을 들여다본다. 일어난 어머니를 키가 큰 경찰이 부축해주고 있다.

"정말로 괜찮아요. 구급차까지 부를 필요 없어요. 이건 뭔가 잘못됐어요."

멀리서 사이렌 소리가 들렸다.

"돌이킬 수 없는 짓을 저질러버렸군."

소년의 아버지는 내려온 아내를 향해 증오에 찬 말을 내뱉었다. 키가 작은 경찰이 아버지의 팔을 붙잡고 경찰서에 가서 상황을 설명해주십시오, 하고 강한 어조로 말했다. 어머니는 이성을 잃고 하염없이 눈물을 쏟는다.

"어떻게 되는 거야?"

소년은 물었다. 어머니는 소년을 부둥켜안고 아무 일도 아니야, 하고 말했다. 그러자 아버지도 조금 냉정을 되찾고 아, 기껏해야 부부싸움이야, 하고 중얼거렸다. 그래요, 부부싸움일 뿐이에요, 하고 어머니가 목소리를 죽인 채 동의했다.

구급차가 도착하자 집 밖이 더욱 소란스러워졌다. 열려 있는 창문 저편에서 집 안을 엿보는 이웃집 사람들의 얼굴이 보인다. 빙글빙글 돌아가는 구급차의 빨간 불빛이 하얀 벽에 깜빡깜빡 비쳤다. 소년은 깨진 창문에 다가서서 블라인드를 쳤다. 그것이 오로지 그가 할 수 있는 일이기도 했다.

결국 어머니는 구급차에 타는 걸 거부하고 아버지도 경찰서에 가는 걸 거부했다. 두 사람은 입을 모아 별일 아니라며, 앞으로 이런 소동을 벌이지 않겠다고 다짐했다.

순찰차와 구급차가 출동하는 소동이 벌어진 탓에 동네 사람들은 다들 이 사건을 알고 있었다. 물론 학교에서도 이야깃거리가 되었다. 아이들은 너희 집에서 무슨 일 있었어? 하고 정신없이 질문을 퍼부었다. 소년은 질문을 들을 때마다 종종 있는 일이야, 하고 대답했다. 하지만 점심시간이 되자 하급생과 상급생까지 우르르 엿보러 와서 마음이 뒤숭숭했다. 소년은 평소에 운동화를 넣어두는 신발주머니를 책상 안에서 꺼내 눈의 위치에 칼로 구멍을 하나 낸 뒤 머리에 뒤집어썼다. 그렇게 해보니 비로소 포대를 쓴 남자의 마음을 이해할 수 있었다.

신발주머니를 머리에 뒤집어쓰자 이상하게도 세상과 자신을 정확히 분리해서 생각할 수 있었고, 무엇보다 자기 자신이 일찍이 그래본 적이 없을 정도로 친근하게 느껴졌다. 자신의 잘못도 인간의 교만함도 또는 세상의 진정한 크기도 또렷이 보였다.

소년은 선생님에게 여러 번 주의를 들었지만 그날은 줄곧 신발주머니를 벗지 않고 지냈다.

"이러니까 다들 이상한 눈으로 보고 쓸데없는 질문을 퍼붓네."

담임선생님은 소년을 교무실로 끌고 갔다. 다른 선생님들은 할 말을 잃은 채 소년을 바라보았다. 교장선생님이 다가와서 억지로 신발주머니를 벗기려고 했지만 그러지 못했다. 소년은 목이 터져라 고래고래 소리를 지르며 발버둥을 쳤다. 너무나도 거칠게 저항했기 때문에 한동안 이대로 상황을 지켜보자고 선생님들은 결론을 내렸다.

소년은 유쾌했다. 신발주머니에 뚫린 구멍 하나로 세상을 보니 그때까지 아름답게만 보이던 동네 풍경이 사뭇 달라 보였다. 이

구멍으로 소년은 객관적으로 세상을 보게 되었을 뿐만 아니라 동시에 감출 수 없는 것과 인간의 추악한 본모습을 확인했다.

먼저 신부님이 있는 곳으로 갔다. 소년이 성당에 모습을 드러내자 성직자들은 놀라움을 감추지 못했다. 신부님은 없다고 성직자 가운데 한 사람이 대답했다. 바보 같은 짓은 그만둬라, 하고 다른 신부님이 소년의 머리를 손가락으로 가리키며 타일렀다.

성당을 나선 뒤 소년은 동네에서 딱 하나밖에 없는 슈퍼마켓에 들른다. 소년은 놀라는 사람들을 무시하고 청년을 찾으러 돌아다녔다. 스티로폼 상자를 들고 작업 중인 청년을 생선 코너에서 발견하자 소년은 바로 그 뒤에 서서 손가락질을 했다. 판매원들이 알아차리고 수군거렸다. 소년은 커다란 목소리로 이 사람은 마약을 판매하는 나쁜 사람입니다, 하느님의 심판을 받아야 합니다, 하고 외쳤다. 갑작스러운 사태에 청년은 깜짝 놀라서 뒷걸음질을 친다. 사람들이 청년을 돌아다봤다. 소년은 발길을 돌려 슈퍼마켓에서 나갔다.

애완견이 살해된 할머니의 집을 훔쳐보니 문이 열린 채로 입구에 피범벅인 식칼이 내팽개쳐져 있었다. 내리쬐는 햇빛이 식칼 끝에 머물러 희미하게 반짝거리고 있다. 소년이 주뼛주뼛 실내를 들여다보자 할머니는 마침 박제를 향해 말을 건네고 있는 중이었다.

"뭐야, 괜찮아. 생각지도 못한 저항으로 물어 뜯겼지만 그래도 이런 건 대단한 상처가 아냐. 스스로 꿰맬 수 있어."

할머니의 주위는 새빨갛게 물들어 있고 다른 한 손으로 손목을 움켜쥐었지만 피가 멈출 기미는 안 보였다. 뚝뚝 떨어지는 피가 할머니의 발치에 붉은 웅덩이를 만들었다.

"원수를 정확히 찌르고 왔어. 이 슬픔을 동네 놈들도 모두 맛보게 해주지. 너의 원통함을 내가 풀어줄 거다."

소년은 할머니의 등 뒤로 살금살금 다가가 그건 옳지 않습니다, 하고 말했다. 황급히 돌아다본 할머니는 신발주머니를 뒤집어쓴 소년을 보고 화들짝 놀라 벌렁 나자빠진다. 소년이 다가가자 할머니는 박제를 끌어안고 끊임없이 비명을 질러댔다. 무서워진 소년은 바깥으로 뛰쳐나갔다.

감금되어 있는 부인의 집도 훔쳐봤다. 소년은 잔디 위를 포복으로 전진해서 환기창으로 지하실을 엿보았다. 부부는 알몸으로 바싹 달라붙어 자고 있었다. 신발주머니에 난 구멍 사이로 두 사람의 피부가 녹아들어 우아한 조각품 하나로 변한다.

바람이 불 때마다 신발주머니 안이 부풀어 오른다. 보통 때는 웃는 얼굴로 맞아주던 동네 사람들이 소년을 발견하면 손가락질하거나 소곤소곤 귓속말을 하거나 미간에 주름을 잡았다. 도망치는 이, 따라오는 이, 욕을 퍼붓는 이도 있었다. 동네 전체가 알레르기 반응을 보이는 무리처럼 소년을 따돌리려고 했다. 뭐 하는 거니, 무슨 짓거리야, 어디 사는 애냐, 그런 짓을 하다니 담임이 누구냐, 집은 어디야, 저마다 지껄여댔다. 이제 동네 안에 숨을 장소는 없고 여기서도 감출 수 없는 것만이 노후된 벽의 얼룩처럼 여기저기 배어 나왔다.

소년은 가는 길을 막아서려는 어른들을 피해 달렸다. 신발주머니를 벗기지 못하도록 계속 도망쳤다. 그런 짓거리는 집어치워라, 하고 사람들이 외쳤다. 바보 같은 짓 하지 마라, 신발주머니를 벗어라, 하고 누군가가 고함을 쳤다. 일그러진 얼굴이야말로 그들의 진정한 얼굴이라고 소년은 생각했다.

숲길을 따라 걷고 있는데 노란 구식 스포츠카가 다가와 소년 옆에 멈춰 섰다.

"뭐 하고 있어, 이 멍청아!"

깜짝 놀라 들여다보니 스포츠카 조수석에 소년의 형이 타고 있었다.

"알아? 나를?"

"봐라, 몸집만 봐도 바로 알 수 있다니까. 그 이상한 남자 흉내인가? 역시 나쁜 놈이야. 아이들에게 나쁜 영향을 끼치고 있어."

형은 해치워버릴까, 하며 소리 높여 웃었다. 운전석에 앉은 남자는 화려한 모양의 점퍼를 멋들어지게 걸쳤지만 궁상맞아 보이는 웃음을 끊임없이 지었고 눈빛 역시 불량했다. 자세히 보니 핸들을 잡은 손안에 권총이 끼워져 있다.

"그렇지 않아. 그 아저씨가 굉장한 사람이라는 걸 깨달았어. 이렇게 신발주머니를 뒤집어쓰고 세상을 바라보니 전혀 다르게 보여. 모두 감추고 싶어하는 게 잘 보여. 저기, 형도 해볼 테야?"

"쳇, 그게 나쁜 영향이야."

구멍으로 보는 형의 얼굴은 텔레비전이나 다른 곳에서 종종 보는 폭력단원의 얼굴과 별반 다를 게 없었다.

"집에 무슨 일 있어? 들렀더니 아무도 없고 집 안은 엉망진창이었어."

"그다지 대단한 일은 아냐. 종종 있는 일이 있었을 뿐이야."

소년의 형은 종종 있는 일이 뭐야, 하는 말을 내뱉고 웃음을 터뜨렸다. 운전석에 있는 남자가 권총을 쥐고 소년을 겨냥했다.

"언제 돌아와?"

소년은 총구에 신경을 쓰면서 물었다.

"저기 말이지. 앞으로 우리는 아주 중요한 일을 할 거다. 그래서 한동안 못 돌아와."

"나쁜 일이야?"

쳇, 도덕주의자, 하고 소년의 형은 혀를 끌끌 찼다.

"그럼. 너는 이 하찮은 세상에서 성실하게 살아라. 빌어먹을."

운전석에 앉은 남자가 빵, 하고 입으로 총 쏘는 흉내를 냈다. 형이 기이한 소리를 지르자 차는 엄청난 속도로 달렸다. 소년은 어떤 감정도 품지 않고 떠나보냈다.

수영장이 있는 집에는 아무도 없는 듯했다. 수영장 가장자리에 있는 라디오에서 변함없이 커다란 음량으로 음악이 흘러나오고 있었다. 담 너머로 저택 안을 들여다보면서 소년은 기다렸다. 유행하는 음악이 계속해서 스피커에서 흘러나오고 그런 만큼 주위는 시끌벅적했다. 소년의 머리는 땀범벅이었다. 이마에서 땀 한 방울이 솟아나 관자놀이 옆을 타고 목덜미로 흘러내렸다. 그 남자를 심판할 생각으로 왔는데, 하며 소년은 억울해했다. 돌아오면 심판하겠다.

인기척을 느끼고 돌아보자 길을 사이에 두고 숲을 따라 난 길에 포대를 쓴 남자가 서서 소년을 보고 있었다. 포대를 뒤집어쓰고 있지만 남자가 놀라는 건 고스란히 전해져왔다. 소년은 기뻐서 웃었다. 하고 싶은 말이 잔뜩 있다. 분명 이 아저씨라면 지금의 내 마음을 이해해줄 게 분명해. 손을 들어 올리고 신호를 보내려고 할 때 스포츠카가 무서운 속도로 돌아왔다. 한순간에 벌어진 일이라 뭐가 어떻게 되었는지 소년은 얼른 판단할 수 없었다. 빵, 빵, 하고 총소리가 두 번 울려 퍼졌다. 스포츠카가 시야에서 사라지고 인도에 쓰러진 포대 쓴 남자가 보였다. 소년은 놀라서 잠깐 동안 상황을 지켜보았지만 일어날 기미는 보이지 않았다. 바람이

붉었다. 소년은 신발주머니를 벗었다. 햇빛 때문에 눈을 뜨고 있을 수 없었다. 저택에서 뉴스가 흘러나오기 시작했다. 어딘가 먼 나라에서 일어난 테러 소식을 담담히 전하는 뉴스. 소년은 길을 건너 총을 맞은 남자 옆으로 다가갔다. 가슴과 배 언저리가 피로 물들어 있었다.

소년은 남자가 뒤집어쓰고 있던 포대를 벗겼다. 남자의 가느다란 머리칼이 물결친다. 부릅뜬 눈은 이미 움직이지 않고 그가 마지막으로 목격한 반짝이는 빛을 그 안구 속에 넣고 봉인하고 있었다. 가까이에 하느님이 있는 듯한 느낌이 들어서 견딜 수 없었다. 소년은 남자가 들고 다니던 종이봉투에서 사제복을 꺼내 갈아입혔다. 피로 물든 옷과 포대는 둥글게 말아 종이봉투에 집어넣고 부둥켜안았다.

그 자리에서 최대한 빨리 떠나야 한다. 아직 햇빛에 힘이 남아 있는 동안에.

노래 도둑

노래를 도둑맞았다는 걸 남자는 미처 깨닫지 못했다.

오랜만에 노래를 부르려고 입가의 근육을 푼 것까지는 좋았는데 목구멍 안에서 아무런 소리도 나오지 않았다. 입을 딱 벌린 채 무슨 노래를 하고 싶었는지조차 떠오르지 않아 얼빠진 모습으로 천장을 멍하니 쳐다보았다.

뭐지, 하고 고개를 갸웃거렸지만 그때는 노래하는 걸 포기하고 회사에 갔다. 집에 돌아와서 욕조에 몸을 담그고 기분이 좋아져 다시금 흥얼거리려다가 노래를 잃어버린 걸 가까스로 깨달았다.

"저기 말이야, 노래를 하려는데 목소리가 안 나와."

같은 시기에 남자의 아내가 투덜거렸다. 남자는 나도 그래, 하고 목 언저리에 손을 대고 푸념했다.

"뉴스에서 들었는데 요즘 여기저기서 노래를 도둑맞고 있대."

"노래를?"

언제 노래를 도둑맞았는지 두 사람 모두 기억나지 않았다.

"카드 비밀번호조차 훔쳐가는 시대잖아. 도둑은 노래를 교묘하게 훔쳐가고 있어."

아내는 노래하는 시늉을 하지만 눈동자가 빙글빙글 움직일 뿐 노랫소리는 하나도 나오지 않는다. 어미 새에게 모이를 달라고 조르는 어린 새 같다고 남자는 생각한다.

"노래를 도둑맞았다고 생활이 곤란한 건 아니잖아. 그러니까 다들 금세 알아차리지 못하는 거야."

"하지만 노래 같은 걸 훔쳐서 뭐해?"

남자는 코웃음을 쳤다. 노래 같은 거 없어도 얼마든지 살아갈 수 있어, 하고 말하는 아내.

"가수라면 곤란하겠지만 일반인인 우리는 노래가 없다고 해서 당장 곤란한 일도 없고 말이지."

생각이 짧았다는 걸 깨닫기까지 열흘도 채 걸리지 않았다. 노래를 도둑맞은 두 사람의 몸과 마음은 평소와 뭔가 달랐다. 무슨 일을 해도 기분이 개운치 않다. 아무것도 짊어지지 않았는데 언제나 등에 뭔가를 짊어진 듯한 묵직함과 더불어 어렴풋하지만 목구멍의 어느 부분이라고 말하기 어려운 곳이 까끌까끌한 느낌이 든다. 숨을 쉬고 있어도 순조롭게 공기가 폐에 도달하지 못할 뿐만 아니라 여기저기 픽픽 새고 있는 듯한 기분을 떨칠 수가 없었다.

"이런 나른함은 노래를 도둑맞은 탓인가?"

아내가 저녁을 먹으며 나직이 속삭였다. 남자는 그런가, 하고 중얼거리며 고기를 썰었다. 머스터드소스를 찍어서 작은 살점을 입안으로 집어넣는다. 재미없다. 고기를 씹는데도 고기 맛이 안 나고 삼킬 때 목구멍 안쪽에 이물감이 느껴진다.

"텔레비전 켤래? 음악 프로그램이라도 보자."

아내가 리모컨을 돌렸지만 어느 채널에서도 음악 프로그램을 방송하지 않았다. 대신 어두운 뉴스만 화면 가득 넘쳐난다. 테러 현장과 피해 지역의 영상에는 어김없이 울부짖는 사람들의 얼굴이 있다. 남자는 기분이 상해 텔레비전을 껐다.

"노래를 도둑맞은 사람이 늘어난 탓에 음악 프로그램을 만들지 못한다는데. 인터넷에서 봤어."

"인터넷이라고?"

남자는 자신이 사용한 식기를 부엌으로 옮기면서 노래가 없는 세상을 상상해본다. 부엌 창가에서 담배를 피우며 바깥 풍경을 바라본다. 가까이에 있는 고층 건축물이 보인다. 집집마다 푸르스름한 불빛이 켜진 창가에서 사람들이 같은 모습으로, 힘없이 고개를 약간 숙이고 서서 식후에 담배 한 개비를 태우고 있다.

"저기, 오랜만에 노래방에라도 가볼까?"

아내가 남자에게 제안한다.

"그곳에서라면 도둑맞은 노래를 되찾을 수 있지 않을까? 가사도 자막으로 나오고 반주도 흘러나오니까 노래를 부르지 못할 까닭이 없지."

두 사람은 코트를 걸치고 빠른 걸음으로 역 앞으로 갔다.

"몇 년 만에 노래방에 가는지 몰라."

남자는 평소 무뚝뚝한 아내가 기분 탓인지 마음이 들뜬 상태라는 걸 놓치지 않는다. 입가에는 부드러운 웃음이 감돌고 있다. 예전에는 자주 갔잖아, 하고 재빨리 응수해 기분을 맞춰준다.

"당신은 외국 포크송 잘 부르잖아. 나는 유행가만 부르고. 그무렵에는 일주일에 한 번은 노래하러 갔는데."

그 무렵이라는 게 언제를 가리키는지 남자는 떠오르지 않는다. 걸으면서 그 무렵을 더듬어보았다.

"하지만 언제부터 노래를 하지 않게 되었을까. 요즘은 아예 부르지 않았고. 그랬더니 노래를 도둑맞아버렸어."

역 앞의 볼품없는 노래방 입구에 종잇조각이 붙어 있다.

"뭐야, 문 닫았잖아."

남자는 분해서 불평을 터뜨렸지만 어쩔 수 없는 일이었다. 건조하고 찬바람이 지나가는 골목에서 두 사람은 목적지를 잃고 서있었다. 모처럼 여기까지 왔는데, 하고 아내는 투덜거리고 남자는 고개를 가로저으면서 담배를 꺼내 어쩔 수 없다는 듯 한 개비 피워 문다.

두 사람은 근처 스낵바에 들어가 몸을 덥히기로 했다. 차가운

몸을 녹이려고 따끈하게 데운 와인을 주문한다.

"마지막으로 노래한 게 언제였는지 기억나?"

추위와 실망감 탓에 첫 잔을 비울 때까지 남자는 입을 떼지 못했다. 아내는 힘없이 고개를 옆으로 흔들며 당신은? 하고 되물었다.

"아니, 전혀 기억 안 나. 어떤 노래를 불렀는지조차도 지금은."

젊지만 새치가 눈에 띄는 주인이 유리잔을 닦으면서,

"손님, 노래 도둑이 설치고 있다고 합니다."

하고 끼어들었다.

"우리도 도둑맞았어요."

남자가 대답하자 가엾게도, 하고 주인은 동정했다.

"그런데 무엇 때문에 노래 같은 걸 훔칠까요?"

남자가 억울함을 어디에 풀어야 할지 모르겠다는 식으로 주인을 향해 묻는다. 주인은 의미 따위 없을 겁니다, 재밌어서 훔치겠죠, 하고 답했다. 남자는 어깨를 움츠리고 이해하기 힘들다고 투덜거린다. 스낵바 안에는 음악이 흐르지 않는다. 벽 옆자리에 앉은 노인들의 목소리가 음악 대신 가게 안에 나직이 울려 퍼진다.

주인은 남자와 아내의 얼굴을 번갈아 보면서 아무리 조심해도 막을 수 없는 게 있죠, 하고 위로하는 듯한 어조로 덧붙였다. 정말로 막을 수 없었나, 하며 의미심장한 말을 중얼거리고 아내는 유리잔 안의 알코올을 뚫어지게 바라보았다.

"방심했겠죠. 분명 어딘가에서."

방심이요, 하고 주인이 말을 따라하는 바로 그 순간 등 뒤에서 끼익하는 소리를 내며 문이 열리고 동시에 건조한 찬바람이 불어 닥쳤다. 세 사람은 입구로 시선을 보낸다. 망토로 보이는 검고 두툼한 옷을 입고 같은 계열의 방한모를 쓰고 한 손에 기타를 든 초로의 남자가 서 있다. 떠돌이 악사라는 걸 금세 알아차렸지만 남자도 아내도 그 괴이한 모습에 압도되어 할 말을 잃은 채 입도 뻥긋하지 못했다.

서둘러 문을 닫고 떠돌이 악사는 기타를 긴 테이블에 기대 세우고 나서 웃옷과 깊숙이 눌러쓴 펠트 모자를 벗었다. 적은 머리숱과 여위어서 홀쭉한 몸이 안에서 드러났다. 떠돌이 악사는 눈을 반달 모양으로 만들고 웃는다.

"한 곡 어때요?"

남자와 아내 대신에 주인이,

"굿 타이밍! 이분들은 노래 도둑에게 피해를 입었어요."

하고 말했다.

"아니, 이런이런. 그럼 뭐 제가 여러분을 대신해서 노래라도 불러드릴까요?"

도둑이 피해자에게 훔친 물건을 비싼 값에 되팔려는 느낌이 들어 남자는 참을 수가 없었다. 남의 불행을 이 사람은 조롱하고 있

154

다. 남자는 괜찮다고 거절했지만 아내는 부탁한다며 고개를 숙였다.

떠돌이 악사는 곱은 손을 입김으로 따스하게 녹이면서 이내 어떤 노래를 희망하느냐고 아내를 향해 물었다. 아내는 신묘한 표정으로,

"깡그리 잊어버린 탓에 어떤 노래가 있었는지 도무지 생각이 안 나요."

하고 대답했다.

"절정 부분도 생각 안 나요?"

흐려져가는 인상이든 남은 소리든 당시의 아련한 기분이든 예전의 격양된 기분이든 아직 뭔가 남아 있을지도 모르는 기억을 찾기 위해 아내는 신기루를 바라보듯 눈을 가늘게 떴다.

"그래요, 확실히 도입이 애달프고 코러스 부분에서 남녀가 합창을 하고 끝부분에 후렴이 이어졌어요."

떠돌이 악사는 미안하다는 듯 눈썹을 찡끗하고 입가에 부드러운 웃음을 머금어 보인 뒤,

"그런 노래는 얼마든지 있으니까 말이죠."

하고 중얼거린다. 아내는 조금 구부정한 자세로 생각났다, 제가 대학생 무렵에 유행했던 노래예요, 하고 방긋 웃으며 말했다. 그러자 떠돌이 악사는 아내의 나이에서 미루어 짐작한 노래를 손

노래 도둑

가락으로 기타 줄을 튕기며 유유히 부르기 시작했다. 클래식 기타의 부드러운 음색과 비브라토를 쓴 굵직하고 힘찬 목소리가 스낵바 안에 울려 퍼지기 시작하고 남자와 아내는 너무나도 생생한 소리에 매료되어 엉겁결에 몸을 앞으로 쓱 내민다.

노래를 도둑맞은 사람에게 다른 이의 노랫소리는 신선하게 와 닿는다. 무모한 젊은이와 맞섰을 때하고 비슷하다. 그 젊음과 순진함에 마음을 빼앗기면서도 동시에 그 눈부심에 질투가 나는 느낌. 음악은 흘러넘치는데 자기만 그 노래를 떠올릴 수 없는 답답함. 물건은 산더미같이 쌓였는데 자기만 무엇을 찾고 있는지 알 수 없는 허무함.

"비슷하지만 달라. 멋진 곡이지만 아마 그 곡은 아닐 거예요."

아내는 잃어버린 노래의 특징을 설명하려고 했지만 잔뜩 있는 비슷비슷한 노래 속에서 그 한 곡을 발견해내는 건 너무 어려웠다. 떠돌이 악사는 생각나는 대로 유행가를 흥얼거렸지만 아내의 눈동자에 번득임은 깃들지 않았다. 부를 줄 아는 노래가 천 곡이나 되는 게 자랑거리인 떠돌이 악사 역시 별수 없었다.

"유행가는 모두 비슷비슷하답니다. 좀 더 구체적인 뭔가가, 이를테면 가사 한 소절이든가 제목이든가 멜로디 일부가 없으면 사막에서 모래 알갱이 하나를 찾아내는 것과 같아요."

주인이 생각을 말하자 남자는 의자에 등을 기대고 한숨을 내쉬었다. 떠돌이 악사는 낙담하는 아내를 향해 뭔가 적당한 노래를 불러보는 건 어떨까요? 하고 말을 꺼냈다. 어떤? 하고 아내가 되묻자 남자는 기타 줄을 다시 손가락으로 튕기더니 누구나 아는 곡입니다, 하고 덧붙였다.

"제가 함께 노래하겠습니다. 잊었다고 해도 무심코 흥얼거리다 보면 어느새 떠오를지도 몰라요. 노래를 도둑맞았다고 해도 기억은 나겠죠. 그걸 기대하며 노래하겠습니다."

떠돌이 악사가 노래하기 시작하자 스낵바 안쪽에 있던 노인들이 박수를 보내고 개중에는 흥얼흥얼하는 사람도 있었다. 하지만 남자와 아내는 노래를 부를 수 없었다. 도저히 떠오르지가 않았다.

노래 도둑의 피해가 늘고 있다. 도시에서 생활하는 사람들의 마음에는 도둑이 잠입하기 알맞은 빈틈이 있어서 막을 방도가 없다. 노래 도난 사건은 전혀 줄어들 기색이 없고 피해자는 수도를 중심으로 몇 십만 명에 달하고 있다.

남자는 텔레비전 뉴스를 보면서 자신도 그 피해자 가운데 한 사람이라는 사실에 기묘한 어색함을 느꼈다. 사기를 당한 사람들에 대한 화제는 남자에게 언제나 남의 일일 뿐이었다. 그런데 막상 자신이 피해자가 되는 순간 세상이 다르게 보였다. 피해자가 되지 않으면 알 수 없는 고뇌는 텔레비전 화면이나 신문 지상에서 전해주지 않는다. 그런 건가, 하고 남자는 소파에 누워서 중얼 거렸다.

"노래 도둑이 어째서 우리를 노렸다고 생각해?"

부엌 쪽에서 귤을 까 먹으며 아내가 남자에게 말을 걸었다.

"나이 지긋한 사람만 노리던 사기 사건이 유행했지? 그건 혼자 사는 노인을 노렸던 거지만 왜 노래 도둑은 우리를 노렸던 걸까."

신경 꺼, 하고 남자는 받아 넘겼다. 하지만 밤이 깊어지고 남자 가 잘 준비를 서두를 무렵, 아내가 던진 의문은 남자의 마음속에서 커다랗게 부풀어 올라 거대한 벽처럼 우뚝 솟았다. 남자는 침대를 빠져나가 복도를 사이에 두고 손님방에서 자는 아내를 깨운다.

"노크했어?"

"아니."

"노크해."

아아, 하고 남자는 중얼거리고 머리를 긁적였다.

"왜?"

어두운 방 안에서 아내의 목소리가 난다. 모습은 보이지 않는 데 목소리만 들리는 게 기이하다. 왜 그래, 이런 한밤중에 무슨 일이야?

"저기 말이지. 문득 생각난 건데, 우리가 도둑맞은 건 노래뿐이 야?"

자신의 목소리가 나약하다는 사실을 한심스러워하며 남자는 가만히 아내의 대답을 기다렸다. 이윽고 억누른 듯한 아내의 탄식이 들려온다. 더구나 지긋지긋해, 하고 말하는 느낌으로.

"몇 시야?"

"몰라."

"내일 말하면 안 돼?"

남자는 문을 닫고 자신의 방으로 돌아왔다. 그리고 이불 속으로 파고들어 널찍한 침대 속에서 두 손을 쫙 펴고 뭔가를 찾으려는 것처럼 차가운 시트를 더듬는 순간 도둑맞은 건 노래뿐만이 아니라는 사실을 깨닫는다.

회사에서 일찍 퇴근할 때를 이용해 남자는 일주일에 몇 번씩 애인의 집에 들른다. 몇 년 전 업무상 알게 되어 육체관계를 맺었다. 애인은 남자보다 열두 살이나 연상으로 아이를 키운 경험도 있고 신비한 편안함으로 가득하다. 사정이 있어서 아이는 헤어진 남편에게 맡겼다.

애인은 빈틈이 없고 지금도 젊은 시절의 분위기가 풍기는 당당한 아름다움을 지녔다. 남자는 애인이 바깥에서 남자들을 누르고 일을 척척 처리해내는 모습을 동경하면서도, 밤에는 바로 그 여자가 자신의 팔 안에서 완전히 긴장을 풀고 어리광 부리는 모습에 희열을 느꼈다.

남자는 종종 일과 관련된 서류를 애인의 집에 가져가 거기서 남은 일을 한다. 늦게까지 계산기를 두드려대도 잔소리 한번 하지 않는다. 공통된 일이 두 사람의 화제를 뒷받침해주기 때문이다. 남자는 여자에게 여러 가지 정보, 이를테면 그날그날의 환율 변화와 시대의 흐름 또는 구매층의 경향 등을 전해준다. 반대로 애인은 남자에게 모든 문제의 해결 방법을 알려준다. 애인은 남자의 거래처에서 일하는 동업자이자 그 길의 대선배이며 남자의 업무상 불만을 이해해주는 유일한 존재다. 동시에 이 연상의 애인은 바라지도 않던 인생의 도피처가 되어주었다.

"나 때문에 힘든 일은 없지? 나는 당신을 독점할 생각이 없어. 내가 필요하다고 생각하는 한 당신 곁에 있어줄 거야. 당신은 나를 이용하면 돼."

그녀가 만든 밥을 먹고 몸을 섞은 뒤 침대 안에서 알몸으로 지낸다. 그사이에 여자는 잠들어버리고 남자는 몰래 침대에서 빠져나가 옷을 입고 집으로 돌아가는 게 습관처럼 되었다. 방을 나올 때 잠깐 여자의 잠든 얼굴을 돌아보는데 언제나 만족스러운 듯한 웃음을 지으며 조용히 자고 있다. 강한 사람이군, 하고 남자는 생각한다. 또 와, 혹은 안녕, 하는 이별의 말을 입 밖으로 낸 적이 없다. 사실은 깨어 있는데 일부러 잠든 척하고 있는지도 모른다. 남자는 애인의 맨션 비상계단을 내려가면서 잠든 체하는 걸 그만두고 벌떡 일어난 애인의 공허하고 쓸쓸한 얼굴을 상상한다. 남자가 집에 돌아간 뒤 묵묵히 방을 정리하는 나이 든 애인의 모습은 한 번도 본 적이 없는데도 떠올려지는 그림이다. 활기차게 일하는 모습과 그런 모습 중 어느 쪽이 진짜 모습일까 때때로 생각한다.

"이 나이에 이런 체형을 유지한다는 건 대단한 일이지."

애인은 이따금 남자 위에 올라타서 그런 말을 내뱉는다. 머뭇거리지 않고 과감하게 말하는 천진스러운 모습에 남자는 끌렸다. 사랑스러움이란 안쓰러움의 다른 이름인지도 모른다고 남자는 생각하며 그런 점이 아내에게는 없다는 걸 마음속으로 슬퍼한다.

콧노래가 전부이지만 기분이 좋을 때 애인은 종종 노래를 부른다. 대개는 침대 안에서 몸을 섞은 다음에. 젊었을 때는 가수가 되고 싶었다고 넌지시 내비친 적도 있다.

"부인은 요즘 어때?"

포옹을 하고 침대 위에서 애인은 콧노래를 부르고 있었다. 문득 멈췄나 생각하는데 천천히 일어나서 뭔가가 떠오른 듯 어딘지 알 수 없는 곳을 뚫어지게 바라보면서, 그 상태로 다소 연극을 하는 듯한 목소리로 물었다. 남자는 평소에 애인이 절대로 입에 올린 적 없는 부인이라는 말의 울림에 당황하면서도, 그 말이 귓속에서 별안간 커다랗게 부풀어 오르는 걸 느끼며 애인에게 눈길을

조금 돌리고,

"별로, 딱히 변한 건 없어."

하고 트집 잡히지 않을 만한 대답을 한다.

두 사람만 있을 때는 반말을 하지만 바깥에서는 존댓말을 쓴다. 그래서일까 존댓말에서 반말로 바뀌는 순간에는 늘 약간의 어색함을 느낀다. 혀끝이라고 할까, 목구멍 전체로 익숙해질 때까지 몇 분 동안 저속 기어로 운전하는 것 같은 둔한 감각이 언제나 따라다녀서 부자연스럽다.

"그러고 보니 요즘 둘 다 노래 도둑에게 피해를 당했어."

애인은 남자의 얼굴을 살피더니 그러게, 노래 도둑이 설친다면서, 하고 맞장구를 쳤다.

"생활에 특별히 지장이 있는 건 아니지만 기분 전환을 하고 싶을 때는 곤란해."

하지만 어째서 노래 같은 걸 훔치는지 몰라, 하고 애인은 웃으면서 말했다. 걱정하는 기색은 없다. 피해자가 사회생활에 지장을 받는다거나 죽었다는 보고는 아직 없다. 그 때문인지 아무도 심각하게 받아들이지 않는다.

"도둑맞은 기분은 어때?"

"그야 안 좋지. 눈에 보이지 않는 뭔가를 모르는 사이에 가져가 버렸잖아. 그러니까 말이야, 도둑맞았는지 도둑맞지 않았는지조차도 확실하지 않은 도난인 거야."

"뭔가 꺼림칙해."

"아, 그저 생활이 조금 달라졌을 뿐이야. 노래가 없어서 전보다 조금 폐쇄적인 느낌은 들고."

애인은 의미심장한 눈길로 남자의 얼굴을 들여다보고,

"그럼 전에는 자주 노래를 불렀나 보네."

하고 질문했다. 남자는 그렇지 않아, 하며 뒷걸음질 친다.

"부인과 노래방 같은 데 안 가?"

남자는 엉겁결에 시선을 돌려버리고 그와 더불어 동요하는 걸 간파당하지 않았나, 하며 어쩔 줄 몰라 한다.

"전에는 갔지만 요즘은 별로."

"그럼 도둑맞았다고 해도 그다지 상관없지 않은가. 나는 노래를 좋아하기 때문에 도둑맞으면 큰일이지만."

진지하게, 이를테면 목숨을 걸고 노래를 부른 적이 있나, 하고 남자는 인생을 돌이켜본다. 대학생 무렵에 친구들과 술자리에서 큰 소리로 노래를 불렀다. 하지만 사회인이 되고 나서는 가슴을 펴고 남 앞에서 노래한 적이 없다. 아내와 사귀기 시작했을 무렵에 노래방에 가서 노래한 정도다. 그렇지만 자신보다는 아내가 마이크를 잡은 시간이 훨씬 길었다. 남자의 목소리는 음악 속에 파묻혀 언제나 반주보다도 조그맣게 들렸고 더구나 키가 안 맞아서 가성일 때가 많았다.

"하지만 무의식으로 뭔가 노래하고 있었을 텐데. 그러니까 노래를 도둑맞았다는 걸 알아차렸겠지."

"맞아. 일상생활 속에서 얼마간 노래는 있었겠지."

"아마도."

음, 노래란 그런 거지, 하고 애인은 딱 잘라 말했다. 그런 거지, 하고 남자는 입안으로 웅얼거린다.

그러고 나서 두 사람은 안았다. 안으면서 남자는 아내와의 사이에 이런 욕망의 움직임이 거의 없어져버렸다는 걸 떠올린다. 얼마나 오래 없었는지조차 떠오르지 않을 만큼 먼 옛날의 기억이다.

애인과의 섹스는 노력이라는 게 필요 없다. 언제나 애인이 나서서 남자를 이끌기 때문이다. 하지만 아내와의 섹스는 그렇지 못하다. 늘 수컷이어야 하고 실수는 허용되지 않는다. 아내를 느끼게 해주지 못하면 남자로서 실격이란 기분에 사로잡혀 끝난 다음에는 어색한 침묵이 생긴다. 상대의 불만이 전해져오는 것만으로 남자는 비참해진다. 그래서일까? 언제부터인지 아내를 안는 게 두려워서 만지지 않게 되었다. 서로 쉽게 사랑했을 때도 있었는데, 하고 남자는 회상하지만 한번 안지 않게 되자 좀처럼 기회라는 걸 잡을 수가 없었다. 건강하지 못한 관계에서 벗어나려고 자신을 다독이던 날 밤에 아내의 몸을 거지반 강제로 만져보았

164

다. 하지만 안는 방법이 떠오르지 않아 우왕좌왕하는 남자를 아랑곳하지 않고 아내는 눈물을 글썽이며 기분 좋다고 속내를 털어놓았다. 좀처럼 표정이 변하지 않는 사람이 스스로 가면을 벗고 내면에 감추었던 욕망을 고스란히 드러내자 남자는 당황했다. 아내가 내내 기다렸다는 걸 알고 갑자기 두려운 마음도 들었다. 그런 기색조차 보이지 않고 아내는 줄곧 남자와 함께 하루하루를 살아왔다는 이야기가 된다. 얼마나 잔혹한 일인가, 하고 남자는 자책하는 마음에 사로잡혀 우울해졌다.

하반신을 흥분시켜 아내의 안으로 비집고 들어갈 자신이 없다. 그뿐만 아니라 왠지 모르게 공포심까지 들어 잘하지 못하면 어쩌지, 하고 생각하다 끝나버린다. 애인이었다면 몸이 안 좋다고 억지를 부리고 침대에 벌렁 누워버리면 그만이다.

"좋아."

하고 아내가 되풀이해서 말한다.

이럴 때 페니스라는 건 이상한 발기 상태를 보인다. 우뚝 치솟는 게 아니라 쭉 쪼그라들어 버린다. 한겨울에 복도에 서 있는 아이처럼 고개는 움츠리고 등은 둥글게 말아 힘이 없다. 기분이 좋은 것보다 아픔이 훨씬 더하고 피로감만 쌓여간다.

"무슨 생각 해?"

애인이 건성으로 하는 남자를 추궁한다. 남자는 아냐, 하고 중얼거리고 얼굴을 돌린다.

"나를 안을 때는 다른 사람 생각 하면 안 돼."

"어떻게 알았어?"

애인은 남자의 페니스를 꽉 움켜쥐고 여기에도 마음이 있으니까, 하고 말했다.

일요일, 아내가 남자에게 콘서트에 가자고 말을 붙였다. 점심을 먹고 나서 가장 나른한 시간대에. 시간이 남아돌아서 당황스러운 남자에게 그 유혹은 썩 괜찮은 구원이 되었다.

전철로 두 정거장 앞에 있는 조금 큰 거리의 극장에서 오페라가 상연 중이었다. 오페라라고, 남자는 마음속으로 중얼거렸다. 아내는 무표정하게 남자의 대답을 기다린다. 그러고 보니 최근에 이 사람의 웃는 얼굴을 본 적이 없다는 걸 남자는 깨닫는다. 노래 도둑은 아내에게서 웃음까지 빼앗아버린 것 같다.

"좋아, 가. 그럼 끝나고 식사나 쇼핑이라도 하자."

남자가 제안하자 아내는 조그맣게 고개를 끄덕였다.

햇빛이 찬란한데도 거리는 영하의 날씨다. 두꺼운 코트를 입고 목은 머플러로 돌돌 말고 나섰다. 주머니에 손을 넣은 까닭에 두 사람은 손을 잡는 일도 없었다. 길바닥이 얼어붙은 장소에서 때때로 남자는 아내를 붙잡아줘야 했다. 하지만 그렇게 한 건 비탈

길에서만이다. 사람의 통행이 많아지자 두 사람은 자연스레 떨어져 걷고 있다.

차라리 헤어지는 편이 좋을까, 하고 남자는 아내의 등을 뚫어지게 바라보며 생각한다. 헤어지고 애인과 함께 사는 건 어떨까? 그럼 노래를 되찾을 수 있을지도 모른다. 신호가 바뀌고 남자는 멈춰 섰다. 아내는 그전에 건너갔다. 뒤돌아본 아내가 손바닥을 펴고 여기서 기다리는 건 싫어, 하고 말하는 듯한 행동을 취했다.

햇빛 속에 머무는 아내의 얼굴이 애인의 얼굴과 겹친다. 아냐, 애인과 재혼해도 아내의 자리에 애인이 오는 것뿐이야, 아무런 상황 변화도 바랄 수 없어. 결혼 자체가 나와 맞지 않아. 그래서 노래 같은 걸 도둑맞은 거지.

신호가 바뀌기 전에 아내는 발걸음을 내딛는다. 남자는 신호가 바뀌기 전에 횡단보도를 건너야 한다.

그래도 극장에 도착하자 기분이 조금은 달라졌다. 오랜만에 진짜 노래와 만날 수 있다는 생각만으로도 흥분되었다. 자리에 나란히 앉아 학생 커플처럼 막이 열리기를 고대하는 자신들의 모습에 마음이 설렜다.

하지만 서곡이 끝나고 두꺼운 막이 열렸는데도 드넓은 무대에 오페라 가수의 모습은 보이지 않았다. 몇 분이 흐르고 극장 안이 술렁거리며 박수인지 야유인지 알 수 없는 묘한 상황이 벌어졌다. 마침내 관계자가 나타나서 오페라 가수가 노래 도둑에게 피해를 당해 갑자기 노래를 부를 수 없게 되었다며 사과한다고 전했다. 관객들은 소식을 듣자마자 한숨을 내쉬었다. 그 마음이 땅울림처럼 울려 퍼져 극장 안은 눈 깜짝할 사이에 실망감으로 꽉 메워졌다. 기대했는데, 하고 남자 곁에서 아내가 투덜거린다.

"하지만 노래 도둑의 소행이잖아. 어쩔 수 없어. 포기해."

"그런가, 직업 가수니까 감기를 조심해야 하는 것과 마찬가지 아닌가? 우리가 도둑맞은 것과 차원이 달라. 자격이 없어."

표를 환불하는 방법이 즉시 안내되고 사람들은 삼삼오오 극장을 나가기 시작한다. 아내는 무대 위, 오페라 가수가 서서 낭랑한 목소리로 노래를 불렀어야 할 그 지점을 쏘아보며 뭔가 투덜투덜 중얼거리기 시작했다. 남자는 아내의 손을 다정하게 잡고 가자, 하고 잡아당겼다. 그러자 아내가 또렷한 목소리로,

"나는 당신의 아이를 갖고 싶었어."

하고 말했다.

극장에서 사람들이 점점 사라진다. 하지만 아내는 정면을 응시한 채,

"아니, 당신 아이를 지금도 갖고 싶어."

하고 화가 난 듯한 표정으로 되풀이해서 말했다. 드넓은 무대. 그곳에 서서 뱃속 깊이 소리를 지르면 얼마나 기분이 좋을까, 하

고 남자는 상상해본다. 두 사람은 아무도 없는 극장에 남아 제작진이 분주히 무대 위를 뛰어다니는 광경을 지켜보았다.

남자는 회사에서 컴퓨터를 하고 있다. 고객 명부를 노려보면서 그 사람은 아이를 갖고 싶어했구나, 하고 마음속으로 중얼거렸다. 줄곧 아이는 갖고 싶지 않다고 말했다. 그래서 남자도 그렇구나, 하고 믿고 있었다.

"나이를 생각하면 이제 슬슬 낳아야지. 안 그러면 힘들어."

아무도 없는 극장에서 아내는 그 말을 마지막으로 남겼다.

남자는 구내식당에서 점심을 먹는다. 벽에 매달린 텔레비전에서 정오 뉴스가 시작된다. 익숙해진 자살폭탄 테러 현장의 영상에 이어 지진 피해 지역의 영상이, 또 노래 도둑 피해가 전국으로 확산되고 있다는 뉴스로 넘어간다. 뉴스 해설자가 등장해 노래 도둑 피해의 확산과 앞으로의 대책에 대해 그림을 이용해 설명했다. 남자는 빵을 움켜쥔 채 빨려 들어갈 듯 화면을 응시한다.

저편에 앉아 있던 동료가 나도 결국 도둑맞았어, 하고 털어놓았다. 이럴 때 어떻게 반응해야 좋을지 몰라 남자는 망설였다. 위로해주어야 할지 어물어물 넘겨야 할지 알 수 없었다. 잠시 뒤 나도 그래, 하고 말하고 빵을 베어 물었다.

플랫폼에서 전철이 오기를 기다리는데 동료가 옆에 서 있었다. 밝은 화제가 별로 없네, 하고 정면을 바라보면서 말을 꺼냈다. 특별히 친한 사이는 아니지만 입사 동기로 프로젝트 몇 개를 함께 한 적도 있고 회사 안에서는 자주 이야기를 나누는 편이었다. 하지만 지금까지 한 번도 사적인 문제를 입에 담은 적은 없었다.

"노래를 되찾고 싶어하는 사람들의 모임이 있는데 관심 있어?"

동료가 말을 걸어온다. 남자는 망설이며,

"어떤 건데?"

하고 되물었다.

"설명하기 어려워. 지금 가는 길인데 같이 갈래?"

전철이 플랫폼으로 들어왔기 때문에 남자는 거절할 기회를 놓치고 동료를 따라가기로 한다. 환락가도 빌딩가도 주택가도 아닌 특징 없는 역에서 내려 복합 건물 사이를 끝없이 걸어가자 널따란 간선도로에 맞붙은 자그마한 공원이 있고 커다란 나무 옆에 사람들이 모여 있었다. 그 안에는 저지 차림의 노인도 있고, 아직 신혼으로 보이는 사이좋은 젊은 부부도 있다. 사람들의 나이와 성별과 직업은 제각각으로 보이고, 입은 옷과 분위기와 표정도 다양했다. 나무 상자에 서 있는 초로의 남자가 복스럽게 웃는 얼굴로 뱃속부터 소리를 내지르듯 여러분은 두려워할 필요가 없습니다, 하고 말했다.

남자가 돌아가려고 하자 동료는 남자의 팔을 붙잡고 조금만 더 참아, 하고 말렸다.

"나는 이런 건 질색이야."

"하지만 노래는 틀림없이 되찾을 수 있어."

"대수롭지 않은 것처럼 말하지 마."

남자는 하는 수 없이 사람들 맨 뒤에 서서 초로의 남자가 하는 이야기에 귀를 기울이기로 했다.

"사기의 경우 잃어버린 돈은 대부분 찾지 못합니다. 마찬가지로 도둑맞은 노래가 돌아왔다는 보고는 없습니다. 그럼 피해자는 억울하지만 참고 넘어가야 할까요? 나는 그렇지 않다고 생각합니다. 새로운 노래를 찾아서 그걸 흥얼거려야 해요. 억울하지만 참고 넘어간다는 생각이 가장 안 좋습니다. 인생을 소홀히 여기는 것이나 마찬가지죠. 여러분의 인생에는 아직 시간이 많이 남아 있습니다. 따라서 여러분은 지금 당장 새로운 노래를 찾는 여행을 떠나야 합니다. 나는 먼저 오늘도 그걸 여러분에게 전하는 일부터 시작하고 싶습니다."

이런 설교가 이어지고 초로의 남자는 나무 상자에서 뛰어 내려가더니 스스로 개발했다는 노래 재생 체조를 하기 시작했다. 사람들은 띄엄띄엄 떨어져 그의 동작에 맞춰 손과 발을 움직이기 시작했지만 태극권과 그리 다르지 않은 동작에 남자는 실망한다. 동료도 옆에서 진지하게 체조를 한다. 다른 사람의 의견에 귀를 기울이지 않는 완고한 사람이라고 생각했는데 마치 마리오네트처럼 순순히 손발을 쭉쭉 뻗거나 펼치거나 휘두르는 모습을 보고 남자는 배신당한 듯한 기분을 맛보았다.

"이런다고 노래가 돌아올 리 없지 않은가?"

남자만 오도카니 그곳에 남아 커다란 나무를 쳐다보았다. 도시의 밝은 밤하늘에 빛의 장막을 친 거대한 나무가 한 그루 우뚝 솟아 있다는 사실에 남자는 구원을 느꼈다. 어떤 환경이든 성장하는 건 있다.

"확실히. 새로운 노래라, 일리가 있어."

가로등 불빛을 받아 반짝이는 커다란 나무의 윤곽을 눈으로 더듬어가며 남자는 그런 생각을 품었다.

곧장 집으로 돌아갈 기분은 아니고, 그렇다고 애인 집으로 향할 기분도 아니었다. 그래서 노래방에 못 갔던 날 아내와 들어갔던 역 앞 스낵바에 들렀다. 보기 좋게 퇴색한 놋쇠로 된 계산대 안쪽에서 주인이 혼자 유리잔을 닦으며 서 있었다.

눈이 엷게 내려앉은 코트를 벗어 붉게 불타오르는 난로 옆에 있는 옷걸이에 건다. 그러고 나서 긴 테이블 가장 끄트머리에 걸터앉는다.

"손님, 분명 두 번째 방문이시죠. 전에 부인과 함께 오셨죠?"

주인이 공손하게 말을 걸었다. 남자는 가볍게 인사를 하고 맥주를 달라고 말했다. 가져다준 맥주에 입을 대고 단숨에 반 정도 마셨다.

"노래는 아직도 도둑맞은 상태입니까?"

부드러운 목소리로 주인은 남자를 향해 묻는다. 네, 하고 남자는 고개를 끄덕였다.

"노래는 이제 돌아오지 않는다고 단념하는 편이 좋아요."

묵묵히 유리잔을 닦는 주인에게 눈길을 준다.

"저도 말이죠, 사실은 10년 정도 전에 노래를 도둑맞은 상태랍니다."

"10년 전이라고요?"

주인은 말끔히 닦아 반짝반짝 빛나는 유리잔을 바라보며 고개를 주억거렸다.

"노래 도둑이란 존재가 지금처럼 확실히 드러나지 않았던 무렵의 일입니다. 노래를 부를 수 없게 되자 지금보다 훨씬 불안해했죠. 뭔가 대단한 병에 걸린 건 아닐까 진지하게 고민했습니다. 노래하는 걸 좋아했기 때문에 말이죠. 제 경우는 심각했습니다."

그렇군요, 하고 남자는 고개를 끄덕거렸다.

"돌이켜보니 노래를 도둑맞은 이유는 저에게 있었어요."

남자는 그게 뭐냐고 물었다.

노래 도둑 173

"노래 도둑은 말이죠, 아무래도 도둑맞기 쉬운 사람한테 노래를 훔치는 모양입니다. 도둑맞기 쉬운 사람은 그런 분위기를 풍기고 있어요. 도둑맞기 쉬운 모습이나 성격이나 분위기 같은 거죠. 조심성이 없다고 할까요, 요컨대 허점이 있다는 겁니다. 말하자면 내팽개치고 있는 거죠, 살아가는 걸. 그러니까 그들의 눈에는 노래를 훔치기 쉬운 사람으로 보이는 겁니다. 특히 아무렇게나 취급받는 노래를 훔치기가 가장 쉬웠겠죠. 처음에는 아무렇게나 노래를 부르는 녀석만 노렸을 겁니다. 제가 정말로 그 대표적인 사람이에요. 한때 가수가 되어 음반을 내놓는 걸 목표로 노력한 적이 있었습니다. 하지만 그사이에 노래하는 것보다 음반을 내놓는 쪽이 중요해졌어요. 그리고 좋아하는 노래를 부르는 것만으로는 음반을 낼 수 없다는 사실을 알게 되었죠. 싫어하는 장르의 시시한 유행가를 노래하게 되고 그러다 보니 노래에 애착도 느끼지 못한 채 요령만 피웠습니다. 어느덧 노래를 부르는 게 푼돈을 벌기 위한 손쉬운 수단이 되어버렸어요. 아마도 가수, 특히 이상을 품지 않고 적당히 노래를 부르는 사람이 도둑맞기 쉽다는 통계가 있는 듯합니다. 하지만 세계적으로 노래방 붐이 일어나고 사람들도 노래에 눈을 뜨고 모두 퇴근길이나 파티에서 가수 뺨치게 노래를 하게 되었습니다. 그때까지는 일부 가수 사이에서만 유행하던 노래 도둑이 단숨에 전 세계로 퍼져버렸습니다. 노래 도둑이란 애교스러운 호칭도 처음부터 말도 안 되는 거였어요. 도둑에게 죄의식을 빼앗고 노래를 훔치는 걸 내버려두었습니다. 하지만 실제로는 말이죠, 예전부터 노래 도둑은 있었습니다."

남자는 남은 맥주를 다 마셔버렸다. 주인은 맥주를 새로 꺼내서 남자의 빈 잔에 찰랑찰랑 따라 붓는다. 흘러넘칠 것 같은 거품이 가장자리 빠듯한 지점에서 멈춘 채 동그라미를 그렸다.

"맥주도 괜찮죠?"

"괜찮습니다."

남자는 재빨리 거품을 홀짝거리고 나서 등을 꼿꼿이 펴고 주인의 다음 말을 기다렸다.

"저에게는 오랜 세월 함께한 아내가 있습니다. 하지만 노래를 도둑맞기 몇 년 전부터 이혼 위기가 찾아왔고 부부 사이는 냉랭해져갔습니다. 뭐랄까, 무슨 일을 해도 잘 안 되고 언제나 어긋났어요. 저는 가수가 되어 음반을 내는 걸 목표로 삼았기 때문에 노래만 불렀어요. 하지만 그 사람은 노래보다도 가정을 소중히 하고 싶었던 모양입니다. 아이가 둘 있지만 그 아이들이 어느 정도 자라자 갑자기 우리 사이에 공통된 화제가 사라져버렸어요."

남자는 끼워 맞춘 듯 이야기가 전개되는 걸 경계하면서 맥주를 입에 갖다 댔다. 이대로 주인의 이야기를 계속 들어야 할까, 아니면 자연스레 스낵바를 나가야 할까 판단이 서지 않는 상태였다.

그 순간 등 뒤에서 문이 열리고 건조한 찬바람이 스낵바 안으로 불어왔다. 주인이 닦던 유리잔을 긴 테이블에 내려놓더니 남자 쪽을 한 번 힐끗 보았다. 남자는 입구를 천천히 돌아다본다. 그곳에 남자의 아내가 있었다.

어머, 하고 아내는 외마디 소리를 질렀다. 유유히 코트를 벗어 남자의 코트 옆에 걸고 나서 긴 테이블, 하지만 남자와 반대쪽 가장 끄트머리에 앉았다. 바로 한가운데 주인이 있는 형태였다. 어디를 봐야 할지 난감한 스낵바 주인은 어쩔 수 없이 어중간한 공간에서 시선으로 동그라미를 그리고 있었다.

"잠깐 한잔 마시고 싶어져서."

하고 남자는 변명하듯 말했다. 아내는 나도, 하고 쌀쌀맞게 대꾸했다.

"만나기로 한 것도 아닌데 신기한 우연이네요. 부부라서 아무래도 서로 끌어당기나 봅니다."

하고 주인이 너스레를 떨었다. 아내는 탄식하고 남자는 숨을 죽였다.

"그렇게 떨어진 곳에서 마시지 말고 이쪽으로 오지그래."

남자가 침묵을 견디지 못하고 말하자 아내는 당신이 오면 되잖아, 하고 대답했다. 어쩔 수 없이 남자가 맥주잔을 들고 일어나서 아내의 옆자리로 이동한다. 아내는 오래된 영화 포스터가 붙은 모르타르 벽에 어깨를 갖다 대고 유백색 술을 마시고 있다.

"여기 온 건 그날 이후 처음이야."

남자가 말하자 나도, 하고 아내는 무뚝뚝하게 대답했다.

"그럼 주인아저씨 말대로 굉장히 마음이 잘 맞는 거 아냐?"

그런가, 하고 아내는 말을 얼버무린다.

입술을 삐죽거리는 아내의 옆모습을 훔쳐보면서 상황이 나아지지 않는 데 초조함을 느꼈다. 남자는 알코올 도수가 조금 높은 술을 마셔 빨리 취하고 싶어졌다. 진을 병째로 주문하자 별안간 아내는 다 알아, 하고 중얼거렸다.

"뭐를?"

반사적으로 남자는 되물었다. 못 들은 척해야 하나, 생각했지만 이미 늦었다. 아내는 콧물을 훌쩍거리고 나서 나 말고 좋아하는 여자가 있지, 하고 똑똑히 말했다. 얼굴색이 변하지 않도록 꾸미느라 몹시 고생했다. 남자는 갑자기 무슨 말이야? 하고 되묻는 게 고작이었다. 주인은 못 들은 척하고 있다.

"있다고 하면 어쩔 건데?"

"정색을 하네."

"그게 아니라 그냥 물어보고 싶었어."

"거짓말이지? 있지?"

"그러니까 있다고 하면 어쩔 거냐고."

아내는 침묵했다. 이렇게 되면 강하게 나가는 수밖에 없다. 고개를 돌리고 어이없다는 표정을 연기해 보이고 나서 일부러 한숨을 푹 내쉬었다. 그러자 아내가 먼저 뭐야, 여전히 비겁한 사람이잖아, 하고 남자를 건드렸다. 비겁하고 인색하고 남자답지 못한 사람이야.

"뭐가 인색하고 남자답지 못한데?"

아내는 꼼짝 않고 정면을 응시한 채,

"거대한 해일이 덮쳐왔을 때 당신은 그렇게 텔레비전 앞에서 펑펑 울고 호들갑을 떤 주제에 한 푼도 기부를 안 하더라. 힘들 때는 서로 도와야 한다는 둥 그럴듯하게 말하면서 스스로 실천한 적은 한 번도 없어. 내가 기부를 하고 왔다고 하니까 고마워, 하는 말만 하고. 그건 내가 한 기부야. 당신의 그 번지르르한 정의감이 이제 지긋지긋해. 세상을 위해 뭔가 행동해야 해. 늘 훌륭한 척 말하면서 도대체 왜 아무것도 안 해? 정말이지 기부를 조금이라도 해봤어?"

하고 물었다.

"해봤어. 길거리에서 모금을 하기에."

"푼돈이잖아. 지폐를 기부한 적이 있어?"

액수가 많고 적은 건 문제가 아니라고 말해보지만 설득력이 없었다.

"당신 같은 위선자는 몰래 애인을 숨겨두는 유형이야. 정면으로 맞서지 못하기 때문에 언제나 도망칠 장소를 찾고 있지. 겁쟁이인 데다가 소심하고 한심한 사람이야."

오랜만에 화가 치밀었지만 그 분노를 터뜨릴 수 없어서 결국 술을 마셔 삭이기로 했다. 자, 하고 주인이 절묘한 순간에 끼어들었지만 아내의 기세는 수그러들지 않았다.

"당신은 나랑 헤어지고 싶지. 하지만 그 어중간한 정의감이 방해를 해서 헤어질 수 없는 거고. 우리는 부부 인연을 질질 끌고 있어. 나이가 더 들어서 이혼당하기보다는 지금 바로 결론을 냈으면 좋겠어. 나는 아이가 갖고 싶어. 당신 아이를 원해. 만일 당신이 아이를 바라지 않는다면 지금 당장 헤어졌으면 해. 결단력 없는 태도로 내 인생을 망가지게 내버려두지 말라고. 내가 하는 말의 의미를 알겠어?"

남자는 진을 쭉 들이켰다.

"돌아가자."

빈 유리잔을 긴 테이블 위에 두고 남자는 일어섰다.

"먼저 가. 나는 여기서 좀 더 마시다 갈 테니까."

남자는 주인과 눈이 마주쳤다. 주인은 다정한 얼굴로 어깨를 조그맣게 으쓱해 보였다.

그날 밤 아내는 돌아오지 않았다. 스낵바의 전화번호를 알아내서 전화를 걸었지만 아무도 받지 않는다. 창밖에는 눈이 내린다. 소리도 없이 조용히 하염없이 내리고 있다. 분명 내일 아침에는 온통 은세계가 될 것이다. 창밖을 바라보면서 남자는 젠장, 하고 지껄였다.

새벽녘 아내의 방에 가서 그녀의 침대에 누웠다. 그리고 베개를 부둥켜안고 잠이 들었다. 희미하게 아내의 냄새가 난다. 비누인지 향수인지 모를 달콤하고 고운 향기가.

남자는 아내의 친정으로 전화를 걸었지만 장모에게 잔소리를 들었을 뿐 성과는 없었다. 두 사람 모두의 친구나 아는 사람들도 하나같이 모른다고 쌀쌀맞게 굴었다. 사실은 다들 아내가 있는 곳을 알면서 일부러 숨기는 듯한 말투였다.

마음대로 해, 하고 투덜거리며 집을 나섰다. 어디든 가서 술을 마실 작정이었지만 정신을 차리고 보니 애인의 집 앞에 있었다. 평소에는 반드시 전화를 하고 나서 갔는데 약속도 안 잡고 간 탓일까 집에는 불이 켜져 있는데도 애인은 문을 열어주려고 하지 않았다.

"나야, 문 열어."

남자는 문에 얼굴을 갖다 대고 소리쳤다. 사람의 기척이 있는데도 열어주지 않는 건 누군가 먼저 온 손님이 있어서가 아닐까? 남자는 열리지 않는 문을 물끄러미 바라보다가 어깨를 움츠렸다. 쳇, 이 사람도 저 사람도, 하고 혀를 끌끌 차며 발길을 돌릴 때 등 뒤에서 문이 열리는 소리가 났다.

남자는 멈춰 서서 뒤를 돌아보았다. 10센티미터 정도 열린 문 틈으로 애인이 얼굴을 쑥 내밀었다. 남자가 웃음을 보이려고 하는데 문이 활짝 열리고 애인의 뒤에서 아내가 나왔다.

그때 잠에서 깨어났다. 남자는 아내의 침대에서 잠을 자고 있었다. 온몸이 땀으로 범벅이다. 빌어먹을, 이상한 꿈이다. 이마에 맺힌 땀을 닦고 침대를 빠져나가 자기 방으로 돌아가 다시 자기로 했다.

주말에 아내가 전화를 했다.

"어디 있어?"

"말 안 할래."

고막에 닿는 아내의 목소리는 마치 실로 연결된 종이컵으로 통화하는 듯 거리가 멀게 느껴진다. 요즘 세상에 전화 감이 이렇게 먼 곳이 이 좁은 지구 상에 있다는 사실에 남자는 깜짝 놀란다.

"당신과 헤어지려고 생각했어."

그랬군, 하고 남자는 짐짓 냉정한 체하며 대꾸했다.

"그쪽이 편하니까."

"어디 있어?"

"조용한 장소."

등 뒤로 파도 소리가 들린다. 전화기 액정 화면에 그곳 전화번호가 표시되어 있다. 본 적도 없는 시외 전화번호다.

"이제 돌아오지그래?"

"좀 더 있다가 마음의 정리가 되면 돌아갈게."

"그럼 그때가 마지막인 거군."

응, 하고 아내는 고개를 끄덕인다. 마음이 흔들리고 있다는 게 전해져온다. 지금이라면 아직 늦지 않았는지도 모른다. 전화가 끊긴 뒤 남자는 착신된 번호를 눌렀다. 아내가 받으면 무슨 이야기를 해야 할까 고민하는데 안내하는 여자는 사투리 섞인 몹시 이상한 목소리로 호텔 이름을 말했다.

눈은 그쳤지만 거리는 하얀 눈으로 폭 뒤덮여 있었다. 택시를 잡아타고 먼저 애인의 집으로 향한다. 기록적인 폭설 탓에 택시는 스노 체인을 감은 채 달리고 있다. 눈 때문에 꼼짝도 하지 못하는 차가 언덕 중간에서 경단 모양으로 줄줄이 정차하고 있었다. 어둠 속에서 깜빡이는 비상등의 오렌지색 불빛이 몇 가닥 보였다. 크리스마스 장식처럼 아름답다고 남자는 생각했다. 운전사가 곁눈질로 꼼짝도 하지 못하는 차를 바라보며 준비성이 있으면 문제없었을 텐데, 하고 중얼거렸다. 운전자들은 차를 팽개치고 뿌얀 입김을 토해내며 얼어붙은 언덕길을 묵묵히 걸어 내려갔다.

애인은 걱정스러운 얼굴로 남자를 맞이했다.

"왜 그래? 무슨 일 있었어?"

"아무 일도 아냐."

조바심을 내며 말한다. 구두를 벗고 집 안으로 들어가서는 어떻게 해야 좋을지 몰라 그대로 애인을 껴안았다. 어슴푸레한 방 안 한구석에 텔레비전이 켜져 있고 거기서만 불빛이 번쩍번쩍했다. 애인은 잠자코 입도 뻥긋하지 않는다. 남자도 아무 말도 하지 않는다. 가만히 애인의 따스함과 숨소리를 느꼈다. 피부의 탄력과 뼈의 단단함, 체취와 새콤달콤한 향수 냄새를. 시간만이 흘렀다. 영원처럼 느껴질 정도로 긴 시간이다.

뭔가 말하면 이 사람은 틀림없이 용서해줄 거라고 남자는 생각했다. 그래서 아무 말도 해서는 안 된다. 그렇게 마음속으로 다짐하고 있을 때,

"우리는 아무것도 달라지지 않을 거야."

하고 애인이 먼저 말을 꺼냈다. 그러니까 말이지, 우리는 달라질 필요가 없는 거야, 하고 덧붙였다.

남자가 외딴섬의 가장 남쪽 지점에 도착한 건 해가 기울어갈 무렵이었다. 곧장 아내가 머물고 있는 조그마한 호텔을 찾아갔

지만 도착해보니 외출 중이었다. 산책을 하고 있는 게 아닐까요, 하는 지배인의 말에 하얀 모래가 깔린 드넓은 바닷가를 걷기로 했다.

뼛속을 파고드는 차가운 남풍이 바다 쪽에서 육지를 향해 불어온다. 파도는 높은데 해안선이 넓기 때문인지 바람막이숲이 없는 탓인지 바람 소리가 귓속에서 빙글빙글 마구 돌아 시끄러웠다. 쫓겨난 듯 나동그라진 파라솔이 파닥파닥 부딪치며 메마른 소리를 내고 있다. 방파제를 천천히 걸어가면서 남자는 아내의 심정을 헤아려본다. 어떤 마음으로 그녀는 여기를 산책했을까?

30분 정도 걸어가자 앞쪽에 사람의 모습이 보였다. 아내는 육지와 바다의 경계선 위에 서서 하늘과 바다의 경계를 물끄러미 바라보고 있었다. 남자는 등 뒤를 한 번 돌아다보았지만 바닷가 저 멀리에 조그마한 호텔이 보일 뿐 달리 아무것도 없었다. 모래와 바다와 하늘뿐이다.

이윽고 기척을 느낀 아내가 뒤돌아본다. 두 사람의 거리는 점점 좁혀지고 동시에 남자의 심장이 세게 두방망이질하기 시작한다. 어떻게 하고 싶은 걸까, 남자는 이 지경에 이르러서도 아직 마음이 정리되지 않았다. 아내의 표정을 또렷이 알 수 있는 거리에서 멈춰 섰다. 기울어지는 태양빛이 그녀의 뺨을 물들이고 있다. 홀연히 바람이 멎고 시야가 확 트이는 것처럼 별안간 귀가 편해졌다.

　남자는 약간 커다란 목소리로,

　"노래 도둑이 잡혔대."

　하고 말을 건넸다. 아내는 표정이 굳은 채로 걷기 시작하고 남자와 스쳐 지나가는 순간,

　"나한테서 노래를 훔친 건 당신이야."

　하는 말을 남겼다.

　남자는 상처를 받아 옴짝달싹도 할 수 없었다. 돌아볼 수도 앞으로 갈 수도 없어, 그저 파도가 철썩거리는 소리에 몸을 맡기는 수밖에 없었다.

　남자는 같은 호텔에 방 하나를 더 잡기로 했다. 지배인 남자가 수상쩍어하며 사모님과 같은 방이 아니어도 괜찮습니까, 하고 다시 확인했다. 남자는 묵묵히 고개를 끄덕이고 초조함을 감춘 채 열쇠를 받아 든다.

　바닷가 호텔 레스토랑에서 남자는 아내와 마주 앉았다. 조잡한 조명기구 탓에 조명을 밝혔다고 하기에도 부끄러운 신통치 않은 바닷가 전망이었다. 조명등이 모래톱을 초라하게 비추고 있다. 개를 끌고 온 바닷가 근처 주민이 그 빛 속을 한가롭게 거닐고 있었다.

"이렇게 잔잔한 바다인데도 안심할 수가 없네."

아내가 가리키는 안전이란 게 무엇을 말하는지 남자는 짐작이 갔다.

"확실한 안전이란 이 세상 어디에도 없어."

남자는 나직이 한숨을 내쉰 뒤 말했다.

"하지만 그렇게 말하면 아무 데도 갈 수 없어. 운은 하늘에 맡기는 수밖에 없다고."

"그런 건 알아. 알지만 어쩔 수 없는 게 너무 많다고 생각했을 뿐이야."

아내는 수프에 입을 갖다 댔다. 수저가 식기에 닿자 톡톡, 하는 희미한 소리가 울려 퍼진다.

"당신한테서 노래를 훔친 사람은 분명 나라고 생각해."

남자는 아내의 얼굴을 똑바로 바라보며 중얼거렸다. 반응은 돌아오지 않는다. 톡톡, 하는 소리가 파도 소리에 맞춰 들릴 뿐이다. 어쩔 수 없이 남자도 요리를 입에 댔다. 간을 싱겁게 한 담백한 음식이다. 와인을 마시면서 음식을 위 안에 채워간다.

노래를 잃고 나서 모든 게 공허해졌다. 빛을 봐도 석양이나 파란 하늘의 아름다운 빛깔을 봐도 뭔가가 부족하다고 느낀다. 무엇을 먹어도 맛있다고 느낀 적이 없었다. 마지막으로 감동한 게 언제인지 떠올리기가 쉽지 않다.

식사가 끝나고 커피를 가져다주자 아내가,

"하지만 당신한테 노래를 훔친 사람은 나일 거야."

하고 말했다.

"그러니까 서로 훔쳤다는 거지?"

"그런가."

"그래. 분명 그럴 거라고 생각해."

남자의 대각선 뒤에서 식사를 하던 나이 지긋한 커플이 조용히 자리에서 일어났다. 할아버지가 할머니의 팔을 잡아준다. 두 사람은 곁눈질로 그 모습을 응시했다. 할아버지도 할머니도 무뚝뚝하게 입을 꾹 다물고 있다. 억지웃음도 쓸데없는 배려도 없다. 남자의 눈썹이 축 처진다. 할머니가 할아버지의 손을 잡아끈다. 할머니는 놔두고 온 숄을 손가락으로 가리켰다. 할아버지가 숄을 집어서 잠자코 할머니의 어깨에 걸쳐준다.

"저기 말이야, 깃대 쓰러뜨리기라고 알아?"

노인들을 눈으로 따라가면서 아내가 말을 꺼냈다. 남자는,

"뭐? 깃대 쓰러뜨리기?"

하고 되물었다.

"모래성을 쌓고 꼭대기에 깃대를 꽂은 다음에 번갈아 조금씩 가장자리부터 모래를 떼어가는 놀이. 깃대를 쓰러뜨리는 쪽이 지는 거고."

남자는 고개를 끄덕였다.

"그걸로 결론을 내리자고."

커피를 마신 후 두 사람은 밤이 무르익은 모래밭에 나와 조명등이 비추는 방파제 앞에서 모래성을 쌓기 시작한다. 파도가 바로 코앞까지 밀려왔지만 아슬아슬 모래 앞에는 닿지 않았다. 아내의 등 뒤로 어둠이 퍼져나간다. 조명등이 딱 이곳만을 비추고 있다. 결론을 내릴 장소로는 더할 나위 없이 좋은 설정이라고 생각하며 남자는 슬그머니 쓴웃음을 지었다.

눈을 가늘게 뜨고 먼 곳을 바라본다. 바다의 수평선 언저리에 고기잡이 등불로 보이는 불빛이 반짝였다. 저승으로 건너가려는 영혼처럼 불빛은 몽롱하게 뿌옇다.

"도와줄래?"

아내의 목소리가 남자를 다시 데려왔다.

변함없이 무뚝뚝한 얼굴로 아내는 모래를 긁어모으고 있다. 남자는 바보 같다고 생각하며 도와주었다. 호텔 종업원이 유리벽 저편에서 기색을 살피고 있었다. 남자는 때때로 고개를 들어 유리벽의 실루엣을 훔쳐보며 익숙하지 않은 자세로 모래를 긁어모았다.

이윽고 조금 높은 모래성이 생기고 수면 위에 떠다니는 나뭇가지를 그 꼭대기에 세운 뒤 아내는 소매로 땀을 닦고 만족스러운 듯 기분 좋지 않아? 하고 감상을 물었다. 두 사람은 가위바위보로

순서를 정했다. 지름 1미터 너비의 모래성을 끼고 마주 앉아 모래를 번갈아 떼어가기 시작했다. 아내는 일찍이 본 적도 없는 모습으로 정색하며 모래를 떼어갔다. 산허리를 도려내듯 모래를 자기 쪽으로 힘껏 끌어모아 간다. 아내가 모래를 퍼갈 때마다 모래성은 미묘하게 모양이 바뀌었다.

처음에는 대담하게 모래를 퍼가던 남자의 손이 중간부터 신경질적이 되었다. 스르륵스르륵 무너지기 시작하는 산의 표면을 신경 쓰며 손을 미묘하게 움직여 모래를 퍼가야 했다.

"곧 쓰러지겠다."

남자는 엉겁결에 손길을 멈추고 숨을 죽였다.

"교활해. 모래를 거의 퍼가지 않았잖아."

모래성에서 멀찌감치 물러나듯 천천히 조심조심 손으로 긁어모은다.

"그렇지만 많이 가져가면 쓰러져버린단 말이야."

"겁쟁이네."

아내는 도발하듯 모래를 잔뜩 긁어모았다. 한순간 깃대가 휘청거렸지만 비스듬히 기울어지면서도 버텨냈다. 모래성이 산허리부터 무너져 내린다. 조명등의 불빛에 비쳐서 미끄러져 내리는 모래알이 영롱하게 빛났다. 모래알이 산허리에서 멈추는 걸 기다리고 난 다음에,

"이런, 지겠는걸."

하고 남자는 말했다. 손바닥을 쫙 벌리고 모래를 떼어가기 시작한다. 손가락 끝에 모래가 멈추고 그걸 다 끌어모으자 손바닥 안쪽이 불룩해졌다. 마지막 부분에서 손이 떨리고 마침내 깃대가 쓰러지자 남자는 엉겁결에 아아, 하고 큰 소리를 지르고 말았다.

"당신이 졌어."

"뭐야."

쓰러진 깃대를 물끄러미 내려다보며 두 사람은 잠자코 있었다. 아내는 여전히 무뚝뚝한 표정이었다. 남자는 새카만 바다로 시선을 돌렸다. 그리고 가까이 다가오는 푸르스름한 파도를 바라보면서 모처럼 자신이 조금 흥분하고 있다는 걸 깨달았다.

"저기, 처음부터 다시 한 번 할까?"

아내의 목소리가 들렸다. 파도 소리와 뒤얽히듯이.

"좋아, 그러자."

하고 남자는 조용히 동의했다.

고객 명부가 새어나갔다는 게 발각된 건 그로부터 한 달 정도 후의 일이었다. 관리하는 남자의 부서를 경찰이 수색하고 대중매체에서도 사건이 다루어졌다. 몇 천 명이나 되는 고객 명부가 유출되고 남자의 상사는 지위가 강등되었다.

190

상사는 남자를 불러 네 탓이야, 하고 말했다. 밝은 복도에서 들었을 때는 바로 알아듣지 못했지만 남자는 짚이는 바가 있어서 그날 바로 사표를 썼다. 사표를 내고 그길로 애인의 집으로 가서 회사를 그만두었다는 사실을 알렸다.

"당신 탓이 아니잖아."

하고 애인은 동정했다.

"하지만 누군가의 탓이잖아요. 누군가 책임을 질 필요가 있습니다. 저는 진작부터 고객 명부 관리가 지긋지긋해진 터였고 마침 잘됐어요."

"그만두고 어떻게 할 거야?"

남자는 모르겠습니다, 하고 말했다.

"아무 생각 없이 그만뒀네."

확실한 건 이 세상에 없잖아요, 하고 남자는 말했다. 애인은 그런가, 하고 고개를 갸우뚱거렸다.

"이제 자신에게 거짓말을 하며 살아가는 게 싫습니다."

"저런, 자신에게 거짓말을 하며 살았어?"

"분명 그렇다고 생각합니다."

남자는 확인하듯 애인의 눈을 쏘아본다. 애인이 눈길을 피하는 것처럼 느껴졌다.

"저는 당신한테 고객 명부를 복사해 건네준 적이 있습니다. 훨씬 전의 일이지만 당신이 우리 회사 고객 성향을 조사하고 싶다고 말했을 무렵에. 당신을 믿고 몇 천 명분의 명부를 건네줬죠."

어머, 하고 여자는 깜짝 놀란 표정을 지었다.

"그거 바로 돌려줬잖아. 지금 나를 의심하는 거야?"

"아뇨, 그렇지 않아요. 저는 당신에게 도움을 많이 받았기 때문에 고마워하는 마음밖에 없습니다. 앞으로도 계속 그럴 거고요."

웬일인지 나오는 말이 모두 부자연스러울 정도로 정중했다.

"그래서 자기 혼자 희생해서 회사를 그만두고 이 사건을 마무리하려는 거군."

남자는 잠자코 있었다. 애인은 코웃음을 친다.

그 뒤 애인은 남자를 강제로 쓰러뜨렸다. 저항하는 방법을 남자는 몰랐다. 그대로 품에 안기고 남자는 마지막 순간에 눈물을 쏟았다. 한심함의 눈물과 슬픔의 눈물이 동시에 뺨을 타고 흘러내렸다.

남자는 양복을 벗고 폴로셔츠에 얇은 코트를 걸쳐 입었다. 시간이 남아도는 한낮에 특별한 목적도 없이 아는 사람도 없는 도심으로 무작정 발걸음을 내디뎠다. 빌딩가가 아니라 젊은이들로 가득한 화려한 거리를 때때로 샌드위치 등을 사서 볼이 미어터지도록 입에 넣고서.

퇴사 후 경찰서에 한 번 불려가서 그만둔 이유를 조사받았다. 남자는 노래를 도둑맞아서 일할 기력을 잃었기 때문이라고 대답했다.

회사를 그만두고 처음으로 알게 된 사실도 있다. 여러 가지 속박에서 자유로워지자 물론 자유스럽지 못한 점도 많지만 일하던 무렵보다는 훨씬 몸이 편해졌다는 사실이다.

남자는 걸어가면서 심호흡을 되풀이했다. 평소에는 아등바등 일하던 시간이다. 넥타이도 매지 않고 이렇게 한가롭게 지내는 게 몇 년 만인지. 조금 차가운 바람이 남자의 폴로셔츠를 부풀어 오르게 할 때마다 가슴 언저리의 피부가 팽팽하게 조이는 걸 느꼈다.

남자는 건물 사이를 빠져나가 테니스 코트와 레스토랑이 드문드문 있는, 이 주변에서 가장 넓은 공간을 차지한 공원으로 발길을 내디뎠다. 나무들이 우거진 숲 한가운데에 역사박물관이 있다. 벤치 위에 남자가 올라서서 사위를 둘러본다. 턱을 내밀고 등줄기를 곧게 펴고 공기를 폐 속 깊숙이 빨아들여본다. 느닷없이 노래하려고 하지 않고 먼저 시간을 들여 몸속의 흐름을 정리하는 것부터 시작했다. 숨을 멈추고 나서 천천히 뱉어본다. 스으, 하아, 스으, 하아. 다음에 고개를 커다랗게 돌리고 어깨의 근육을 좀 더 풀고 나서 먼저 조그맣게 아아, 하고 소리를 쥐어짜내본다. 거기에 바이브레이션을 조금 넣고 가능한 한 소리를 쭉 뽑는다. 노래를 하지 못할 까닭이 없다. 누구도 내게서 노래를 훔쳐갈 수 없다고, 스스로 격려했다.

'도둑맞은 건 노래가 아니다. 그건……'

다시 한 번 좀 더 힘껏 아아, 하고 소리를 지른다. 이번에는 조금씩 음계를 올려가면서. 뱃속으로 소리를 계속 지른다. 새로운 노래를 만들면 된다. 누군가가 만든 노래가 아니라 자신을 위한 새로운 노래를.

소리는 공원 숲 속으로 울려 퍼졌다. 마음의 건반을 두드리고 소리에 음계를 붙여간다. 음정을 1도 올리고 다음에 2도 내리는 식으로. 그건 점차 멜로디답게 변화해간다.

"나는― 네가― 좋아―."

박자가 안 맞는 멜로디에 이번에는 적당한 가사를 붙여보았다. 웃음이 터져 나오려고 한다. 음계를 조금씩 올리고 마지막에는 하늘로 보내듯 소리를 높였다. 좋아―, 부분에서 목소리가 뒤집어져버린다. 서둘러 숨을 들이마시며 호흡을 가다듬고 나서 다시 한 번 커다란 목소리로 노래를 불렀다.

"나는― 네가― 좋아―."

유행가처럼 제대로 된 멜로디는 아니지만 남자의 굵고 탁한 목소리는 당당히 음계를 따라간다. 그래, 이건 노래야. 분명 나만의 새로운 노래다.

"나는— 네가— 좋아—."

남자는 더욱더 커다란 목소리로 노래를 불렀다. 점점 노래다운 골격을 갖추어간다.

겉모습은 신경 쓰지 않고 손을 흔들면서 간주까지 붙여서. 지나가던 우편집배원이 자전거를 멈추고 남자를 응시했다. 남자는 우편집배원을 향해 손을 흔들고 나는— 네가— 좋아—, 하고 노래했다. 우편집배원이 웃더니 다시 자전거에 걸터앉아 도망치듯 페달을 밟았다. 조깅을 하는 중년 여성을 향해 남자는 노래를 불렀다. 남자의 앞을 지나갈 때 여자는 경계하면서도 웃음을 빙긋 지어 보였다.

점점 기분이 좋아진 남자는 오케스트라 지휘자처럼 두 손과 머리, 온몸을 흔들기 시작했다. 육체의 안쪽에서 뭔가 벗겨져서 떨어지는 걸 느낀다. 목구멍 벽에 달라붙어 있던 끈적끈적한 것, 슬픔과 미움과 분노와 원한과 한탄과 후회라는 찌꺼기가 목소리를 낼 때마다 뱃속에서 날아가 버리는 듯한 감각을 느꼈다. 움츠러들었던 뭔가가 위장의 중심에서 뭉게뭉게 부풀어 올라서 마치 땅바닥에서 움트는 식물의 싹처럼 남자의 내부에서 벌떡 일어섰다. 아무도 나한테서 노래를 훔쳐갈 수 없다고 남자는 열렬히 되뇌었다. 그건 나는— 네가— 좋아—, 하고 노래할 때마다 확신으로 굳어져간다.

"나는─ 네가─ 좋아─."

"나는─ 네가─ 좋아─."

"나는─ 네가─ 좋아─."

남자와 아내는 역 앞 스낵바로 갔다.

겨울이 끝나고 봄이 코앞으로 바싹 다가온 시기. 변함없이 아내는 무뚝뚝한 얼굴로 술을 마시고 있었다. 남자는 그게 기뻤다.

"왜 싱글벙글거려?"

아내가 남자의 얼굴을 한 번 힐끔 본 뒤 말했다.

"그냥."

남자는 웃음을 참으면서 대답한다.

"갑자기 어떤 생각이 떠올라서 웃었지? 무슨 생각을 했는데?"

"근육이 풀렸어."

"회사에서 쫓겨난 사람이 싱글벙글 웃고 있으니까 머리가 이상해진 게 아닐까 걱정되잖아."

"쫓겨난 게 아니라 스스로 그만둔 거야."

"음, 어느 쪽이든 마찬가지. 우리 생활이 불안정해지는 건 달라지지 않아."

"금세 일자리를 찾을 수 있어."

"불경기라서 그렇게 쉽게 찾을 수는 없을걸."

"괜찮아. 틀림없이 어떻게든 될 거야."

"세상 물정을 모르네."

"그래."

영원히 그렇게 자신감이 있으면 돼, 하고 아내는 칵테일을 다 마시고 나서 덧붙였다. 주인이 빈 잔을 치운다.

"칵테일 새로 만들어줄까요?"

"네, 같은 거로."

주인이 안으로 사라지자 아내는 저기, 하고 속삭였다.

"뭐?"

늘 무뚝뚝한 아내의 얼굴이 살짝 부드러워졌다. 봐서는 안 되는 걸 본 듯한 기분이 들어 남자는 다시 시선을 돌렸다.

"저기 말이지, 새삼스러울지 모르지만 이따금 둘이서 함께 무슨 노래든 불러보는 건 어떨까?"

"둘이서?"

"그래, 당신이랑 나랑."

그때 별안간 문이 열리고 계절에 맞지 않게 차가운 바람이 스낵바 안으로 불어닥쳤다. 남자와 아내는 동시에 돌아보았다. 입구에는 요즘 날씨치고 두툼한 옷을 입은 떠돌이 악사가 기타를 한 손에 들고 서 있었다.

노래 도둑　　　　　　　　　　　　　　　　　197

상당히 오랫동안 후기라는 걸 쓰지 않고 있다. 변명 같지만 자기만족이란 달성감이 싫기 때문이다.

그래서 마지막에 작은 사랑 이야기를 후기 대신 남기기로 했다. 좀 더 읽고 싶다고 생각하는 당신의 욕구를 채워주는 디저트 같은. 또는 긴 편지의 소박한 답장 같은 한 편을.

| 세상에서 가장 멀리 보이는 것 |

세상에서 가장 멀리 보이는 건 뭘까, 하고 그녀는 원형 광장 한 가운데서 주위를 빙 둘러보며 중얼거렸다. 그는 눈을 똑바로 바라보며 뭘까, 하고 웃었다. 서둘러 집으로 돌아가는 이들이 보인다. 누군가를 기다리는 사람이 있다. 껴안고 입맞춤을 하는 연인들이 보인다. 이 거리를 스쳐 지나갈 뿐인 관광객 한 무리가 있다.

그녀는 그와 헤어지기로 마음먹었지만 그는 그녀와 결혼하기로 결심했다.

이따금 가랑눈이 흩날리고 강한 바람이 거리를 훑고 지나가는 12월. 추워질수록 공기는 맑아지고 그 때문에 가로등과 점등식 간판의 불빛, 또 달의 어렴풋한 반짝거림이 더욱 애달프고 아름답게 보인다.

그녀는 겨울 풍경을 바라보며 인생은 짧다고 한숨을 내쉰다. 그는 그녀의 어깨를 감싸 안으며 우리에게는 시간이 아주 많다고 내심 기뻐한다.

두 사람 모두 일에 쫓기느라 좀처럼 시간을 맞출 수가 없었다. 그런 까닭에 오늘은 오랜만에 즐기는 데이트. 오늘이라는 날은 여러 가지 상황과 생각의 복잡한 중복 속에서 선택된 귀중한 하루이기도 하다.

손꼽아 기다리던 그와는 대조적으로 그녀는 줄곧 두 사람의 관계가 이대로 자연 소멸하면 좋을 텐데, 하고 바랐다.

그의 양복 안주머니에는 그녀를 놀라게 해주려고 산 반지가 고이 잠자고 있다. 그녀는 가방 안에, 어쩌면 말로 잘 설명하지 못할 때를 대비해서 마지막 편지를 감춰두고 있다.

그녀는 광장 한복판에서 주위를 빙 둘러보고 끝이 있는 미래, 하고 나직이 속삭인다. 그는 그녀의 눈동자를 응시하고 끝없는 미래가 있다고 생각한다. 그녀는 그의 눈길을 피하는 기색이다. 그런데 그는 그 몸짓을 고상하다고 착각한다.

일이 잘 풀리는 그녀는 일하는 게 더할 나위 없이 즐겁다. 그와 더불어 업무 파트너에게 애정 공세도 받고 있다. 이야기도 통하고 매력적이고 야심 찬 그 남자에게 부쩍 마음이 기울고 있다. 하지만 그 남자에게는 아내와 아이가 있다.

오늘 아침에 그녀는 정직하게 살아야 한다고 자신을 타이르며 눈을 떴다. 반면 그는 하루 종일 그녀를 생각하며 일한다.

그에게는, 그녀야말로 세상의 중심에 있다고 해도 지나친 말이 아니다. 일은 어디까지나 일이고 인생을 걸 정도는 아니라고 단정한다. 가족과 살아가는 행복한 가정에 진정한 행복이 있다고 믿는다. 개미처럼 일하며 살아가든 한가롭게 사랑만을 바라보며 살아가든 결국 선택하는 건 자신. 그 선택이야말로 인간다움, 또는 인간에게만 주어진 자유라고 망설임 없이 말할 수 있다.

산더미 같은 서류 속에서 그는 문득 손을 멈추고 그녀와 만났을 때의 기억, 안던 날 밤에 그녀가 지었던 서글픈 표정을 떠올리고 한시라도 빨리 이 일을 마무리해야 한다고 기력을 쥐어짜낸다. 그에게 일이란 인생을 살아나가기 위한 자금원에 지나지 않고, 그녀에게 일이란 요즘 인생 자체가 되어가는 중이다.

그녀는 어떤 일이든 남자한테 지지 않을 자신이 있고, 인생 최고의 순간은 성별의 차이를 뛰어넘어 정상까지 올라가는 것이라고 확신하고 있다. 출세를 바라지 않는 그와는 완전히 정반대다. 그녀는 한 번밖에 없는 인생이므로 주어진 기회를 최대한 살리고 자신의 능력과 가능성을 모두 발휘하고 싶다고 다짐한다.

두 사람은 지난 10년 동안 같은 방향을 바라보며 걸어왔다고 생각했다. 하지만 아무래도 바라보는 게 달랐던 것 같다. 그녀도 그도 지나치게 길었던 봄을 끝내야 한다고 생각하는 점만은 유일하게 일치한다.

공원과 이어진 호텔 레스토랑에서 두 사람은 아페리티프(식사 전에 마시는 술--옮긴이)를 마시고 있다. 그녀의 눈동자를 응시하는 그. 그 다정한 웃음을 피해 창밖을 바라보는 그녀. 코트 깃을 세운 사람들이 잰걸음으로 거리를 가로질러 간다. 그녀는 유리창에 얼굴을 가까이 대고 위쪽을 살핀다. 나무숲 저편에 있는 커다란 관람차가 마치 보석을 총총 박은 거대한 팔찌처럼 이 거리의 상공에서 아름다운 빛을 내뿜으며 회전하고 있다.

만난 지 얼마 안 되었을 무렵에 탔지, 하고 그도 창가에 얼굴을 가까이 대고 속삭인다. 저기에? 나랑? 그녀는 즐거운 추억을 잊고 있다. 그는 괴로운 추억을 잊어버렸다.

지나간 세월 속에 두 사람 사이에는 여러 가지 일이 있었다. 마음을 지속시키는 건 어렵다고 웃음 짓는 그의 얼굴을 보면서 그녀는 몰래 결론을 내린다. 되풀이되는 일상 속에서 진실을 발견해내야 하는 게 인생이라는 것이 그의 지론이다. 서두르지 않고, 초조해하지 않고 천천히, 하지만 견실하고 확실하게 꼭대기까지 올라간다. 이 거리의 상공으로 올라간다, 저 관람차처럼.

나에게는 빛나는 우리 두 사람의 미래가 보인다고 이윽고 그는 고백했다. 그렇게 머지않은 미래, 우리는 배 한 척을 타고 건너편 기슭을 향한다. 그곳에는 멋진 생활과 안정이 기다리고 있다고 말이다. 그녀는 그의 고백을 가로막고 먼저 말하려고 한다. 기다려, 나에게도 미래가 보여. 그는 얼굴 가득 웃음을 머금고 그럴지도 몰라, 하고 생각한다. 그녀가 자신과 같은 미래를 보고 있다고 착각한 탓에.

음식이 놓이고 두 사람은 옛이야기를 하며 먹는다. 요즘 서로 어긋날 때가 많았어, 하지만 앞으로는 좀 더 시간을 내서 자주 만나자, 하고 그가 제안한다. 지금은 중요한 일이 있어서 책임이 무겁기는 하지만 그 일을 맡아서 정말 기분이 좋아, 동시에 두 가지를 음미하고 있어서 그래, 하고 그녀는 부드럽게 피해간다.

헤어지자는 이야기를 꺼낸다고 해도 그를 나쁜 사람으로 만들고 싶지는 않다. 마음은 떠나가고 있지만 마지막은 깔끔하고 아름답게 헤어지고 싶다고 그녀는 바란다. 그는 추억에 매달리고 있다. 그녀는 추억에서 벗어나 날아오르려고 한다.

와인 메뉴판이 다시 나오고 그는 부르고뉴를, 그녀는 보르도를 주문했다. 우리는 애초에 근본적으로 안 맞아, 하고 말하는 그녀. 그는 보르도의 붉은빛도 나쁘지 않다며 부랴부랴 둘러댄다.

그렇지만 긴 인생을 함께 헤쳐나가려면 많은 부분에서 공통점이 있어야 하지 않은가?

아니, 꼭 그렇지는 않아. 요철, 콤비라는 말이 있듯이 서로의 부족한 부분을 메워주는 편이 더 잘될 수도 있어. 하지만 나는 모든 게 딱 맞는 사람과 평생을 함께하고 싶어, 하고 그녀가 강하게 주장했다. 그러자 나는 너와 본질적으로 모든 게 딱 맞는다고 생각하는데, 하고 그가 억지로 이야기를 마무리했다.

소믈리에가 따라주는 부르고뉴 와인을 맛본 그는 훌륭해, 하고 절찬한다. 한 모금 마신 그녀는 얼굴을 찡그린다.

이별 이야기를 꺼내고 싶은 그녀는 온갖 군데에 짜증이 나기 시작한다. 그를 비난하고 싶지는 않다고 스스로 타이르지만 아무래도 화제는 두 사람의 성격이 맞지 않는다는 쪽으로 기운다.

그렇지 않아, 우리는 오누이처럼 닮기만 한걸, 하고 그가 반론한다. 너무 닮은 건 위험해, 그녀는 또 트집을 잡는다. 오빠 따위 필요 없어. 그건 말이 그렇다는 거고 나는 그저 너를 잘 이해해주는 사람이 되고 싶을 뿐이야. 기다려, 이해해주는 사람? 나의 어떤 점을 당신이 이해하고 있는데? 잠깐. 그전에 나에게 무엇을 바라는지 알려주지 않을래? 나는 말이야, 당신이 원하지 않는 걸 바라는 거 같아.

어떻게 하면 되는데, 인내심 있는 그이지만 참지 못하고 미간에 주름을 잡으며 물었다. 그녀는 어깨를 움츠리고 잠시 시간을 가져보는 건 어떨까, 하고 말을 꺼냈다. 그러니까 거리를 두자는 말? 그래, 그런 시기라고 생각해.

순식간에 그의 얼굴이 굳어졌다. 갑자기 무슨 소리를 하는 거야, 하고 곤혹스러워하는 얼굴. 단숨에 밀어붙여서는 안 된다고 그녀는 마음속으로 제동을 걸고 최대한 상냥하게 웃음을 지어 보인다. 입가는 웃으면서 눈초리는 냉정하게. 그는 눈길을 돌려 창밖을 바라본다. 공원의 마로니에 숲 사이로 반짝반짝 빛나는 관람차의 불빛이 언뜻 눈에 들어온다.

맛있는 요리를 다 먹은 뒤에도 어색한 공기가 두 사람을 감싸고 있다. 그녀가 무슨 생각을 하는지, 지금의 그는 이해할 수 없다. 두꺼운 커튼이 별안간 두 사람 사이에 쳐져버린 듯한 압박감. 그런 시기라는 말의 울림이 그의 머릿속에서 메아리친다. 그가 힘없이 축 늘어진 걸 보고 그녀는 슬그머니 후회한다. 이런 식으로 서둘러 결론을 내려도 되는 걸까? 느닷없이 그녀 안에서 지난 10년 동안의 추억이 되살아난다. 가족의 추억과도 비슷한 역사가 있는 기억. 언제, 어떤 순간에도 바로 곁에서 그가 웃고 있었다.

침묵에 양심의 가책을 느낀 그녀는, 입을 꾹 다물고 창밖을 바라보는 그를 향해 뭐가 보여? 하고 물었다. 그는 공원, 관람차, 빛이라고 대답했다. 이쪽을 봐, 하고 그녀가 말한다. 그러자 그는 어쩔 수 없이 그녀를 응시한다. 그곳에는 그녀, 날마다 마음속에 그려왔던 소중한 사람이 있다.

그는 결혼하자고 청할 생각이었다. 그런데 지금 사태는 걷잡을 수 없게 180도 방향 전환을 요구하고 있다. 뭔가 잘못된 게 아닐까? 분명 그래, 그녀의 감정적인 한순간의 변덕에 말려들어서는 안 된다. 냉정하고 신중해져야 할 때다.

나에게는 네가 보여. 아니, 줄곧 너밖에 안 보였어. 앞으로도 너밖에 안 보일 거고. 그녀는 다정하게 웃어 보이더니 하지만, 하고 입술을 달싹거렸다. 잠시 시선을 딴 데로 돌려보고 이 레스토랑 안에는 사람이 많다는 걸 알았다. 자, 저기 나이 지긋한 커플이 보이지?

그는 그녀가 손가락으로 가리키는 방향으로 고개를 돌린다. 웃음이 끊이지 않는, 행복해 보이는 두 사람의 얼굴이 보인다. 한 폭의 그림 같네, 하고 그는 중얼거린다. 그녀는 고개를 끄덕인다. 하지만 그늘이 있어. 분명 저 두 사람은 몇 십 년 동안 함께 살아온 부부는 아닐 거야. 두 사람에게는 각각 어엿한 가정이 있지만 그들은 그 가정에서 만족할 수 없었을 거야. 그러다가 바깥에서 진정한 사랑이 머무르는 곳을 발견한 거지. 겉으로는 행복해 보이지만 숨어서 몰래 키워온 사랑이라고.

왜 그런 불행한 상상만 하느냐고 그는 슬픈 듯 중얼거렸다. 그녀는 반론한다. 세상이란 당신이 생각하는 것처럼 작은 황금상자 안에 담긴 사랑의 선물세트가 아니야. 세상은 좀 더 복잡하고 좀 더 성가신 것. 하지만 그 어려움 속에서 사람은 진정한 사랑을 찾아내려고 하지. 단지 그 말을 하고 싶었어.

저기, 나를 봐, 하고 그가 반론한다. 그녀는 똑바로 그를 바라본다. 뭐가 보여, 하고 그는 같은 질문을 했다. 물론 당신이지, 하는 그녀. 좀 더 자세히 들여다봐, 뭐가 보여? 그녀는 눈초리에 힘을 주고 그를 보았다. 그래, 두 사람의 역사가 보이네. 그는 웃었다. 아직 학생이던 우리가 만나 사랑에 빠지고 긴 시간을 함께 달려왔어. 여기에는 나름의 시간이 머물고 있지. 그렇지 않아?

나는 나이에 걸맞을 정도로 적당히 살이 쪘어. 눈가의 주름도 흰머리도 조금씩 눈에 띄기 시작한걸. 하지만 지금 네가 보고 있는 나의 변화와 똑같은 게 너에게도 일어나고 있어. 그게 인생이고, 시간이란 무상한 거지. 멋지다고도 할 수 있어. 지금부터 마지막 순간까지 저기 입구 근처에 앉아 있는 노부부처럼 날마다 아름다운 빛깔을 수놓는 관계로 머물고 싶어.

그녀는 웃었다. 당신 말대로라면 내연 관계는 어쩐지 지저분할 거 같은데. 내연 관계라도 행복은 있어. 떳떳하게 다니며 자신들의 존재를 남에게 밝힐 수는 없을지도 모르고 사회에서 인정해주지 않을지도 모르지만 행복하다면 두 사람은 그걸로 충분하지 않을까? 행복은 당신 생각처럼 하나로 설명할 수 있는 게 아니야. 사람의 수만큼 행복의 형태는 다르다고 생각해. 그중 가장 멋진 행복과 만나는 게 중요하고 형식 따윈 아무런 의미도 없어. 사람은 태어나면 죽어. 그사이에 얼마나 자신에게 거짓말을 하지 않고 정직하게 마주 보고 살았느냐로 모든 게 결정되지.

그는 그녀를 가만히 바라보았다. 하고 싶은 말이 무엇인지 이해한다며 부드럽게 다독여준다. 그런데 자기만 좋다고 그걸로 끝나는 건 아냐. 자신에게 거짓말을 하지 않는 건 훌륭해. 하지만 그 때문에 다른 사람이 상처를 입어서는 안 돼. 나는 그런 인생을 살고 싶지 않고, 그렇게 살아오지 않았다고 자부할 수 있어.

두 사람은 아무 말 없이 레스토랑을 나선다. 레스토랑을 나오기 직전에 그와 그녀는 나이 지긋한 커플을 바라보았다. 노신사가 두 사람의 눈빛을 알아차리고 먼저 웃어주었다. 바로 여자 쪽도 돌아보더니 닮아 보이는 웃음을 보냈다. 그는 진실을 확인하고 싶었지만 그녀가 그의 팔을 잡아끌었다. 두 사람은 나이 지긋한 커플에게 인사를 하고 레스토랑을 나왔다.

거리에 한 발자국 내딛는 순간 세찬 바람이 불어 두 사람은 엉

겹결에 몸을 움츠렸다. 가까이에 있는데도 다가갈 수 없는 거리 감을 그는 느꼈다. 손을 잡고 싶은데 뭔가가 그를 주저하게 만들었다. 그녀의 등을 똑바로 바라보며 어쩔 줄 몰라 한다. 이럴 수는 없다. 왜 이렇게 되어버렸을까.

두 사람 사이를 팔짱을 낀 연인이 비집고 지나간다. 두 사람의 눈앞에 관광객으로 보이는 가족이 즐거운 듯 스쳐 지나간다. 큰 길을 무수히 많은 차가 지나간다. 두 사람만이 길 위에 남겨져 있다. 도대체 무슨 일이 일어난 걸까? 그는 이해가 되지 않았다. 그려왔던 행복이 소리도 없이 무너져 내려가는 걸 그저 물끄러미 지켜볼 수밖에 없다니. 그의 안쪽 주머니에는 건네주지 못한 반지가 감춰져 있다.

뭐가 보여? 그는 죽을힘을 다해 뚫어져라 바라보았다. 그녀의 등. 어두운 세계. 가랑눈. 그는 문득 고개를 쳐든다. 그곳에는 거대한 관람차가 빛나고 있다. 하늘 위로 오르는 용맹스럽고 단단한 바퀴. 그녀도 마찬가지로 하늘을 쳐다보았다. 바로 위에 있는 탓일까, 두 사람의 눈에는 관람차가 돌고 있는 게 아니라 우주 전체가 돌고 있는 것처럼 보였다.

우리 예전에 저기 올라간 적 있어? 그녀가 속삭였다. 그는 한 걸음 그녀에게 다가가서 응, 하고 대답하고 그때로 돌아갔다. 이제 기억하지 못하나 본데, 사귄 지 얼마 안 되었을 무렵이었지. 그녀는 기억의 복잡한 매듭을 풀려고 하지만 마음만 초조해질 뿐 잘되지 않는다. 나는 즐거워했어? 그는 옛일을 더듬으면서 응, 굉장히, 하고 대답한다.

잠시 뒤 그녀는 관람차를 타고 싶다고 말했다. 내뱉은 입김이 하얗다. 자동차 엔진 소리가 멀어져간다. 바람이 멈추고 시야가 넓어진다. 자신의 심장 고동소리가 들린 듯한 느낌이었다. 다음 순간 그는 그녀의 팔을 움켜잡고 망설임 없이 큰길을 건너기 시작했다.

공원 한구석에 설치된 유원지에는 관람차의 순서를 기다리는 사람들이 줄지어 있다. 그 속에 그와 그녀가 서 있다. 그녀는 이 관람차 안에서 결론을 내려야겠다고 다시 한 번 단단히 결심한다. 얼렁뚱땅 속이고 살아가는 쪽이 실례라는 사실을, 그는 어른이고, 마음을 똑똑히 전달하면 이해해줄 게 분명하다고. 반면 그는 이 관람차 안에서 멀어져가는 그녀의 마음을 되돌려야 한다고 생각한다. 자신이 얼마나 사랑하고 있는지 전하기만 한다면 틀림없이 그녀는 진정으로 소중한 게 무엇인지 알아차릴 거라고.

가까이에서 보니 상상했던 것보다 관람차가 크다는 사실에 놀란다. 그리고 그 속도에 압도당한다. 곤돌라는 마치 스키장 리프트처럼 차례로 내려와 서 있는 승객들을 집어삼키듯 태운다. 아이와 나이 많은 손님은 크게 소리를 지르며 뛰어오른다. 순서가 되어 두 사람도 쫓기듯 올라탔다.

곤돌라 안은 좁고, 마치 인공위성 안에 들어가 있는 듯하다. 상공으로 올라가는 곤돌라 안에서 두 사람은 마주 보고 앉았다. 그녀는 그의 뒤로 펼쳐지는 아름다운 세계에 눈길을 빼앗기고, 아울러 예전에 그와 관람차를 탔던 일을 기억해냈다. 패기 넘치는 청년의 모습이 기억 속에 되살아난다. 눈을 반짝거리며 꿈을 이야기하던 청년. 그로부터 10년, 두 사람 사이를 시간은 덧없이 흘러갔다.

곤돌라가 고도를 높이면 높일수록 그녀의 눈에 여러 가지 풍경이 뛰어 들어온다. 가로수보다도 높이, 게다가 역사적 건축물의 지붕보다도 높이 곤돌라는 올라간다. 눈 아래에 공원이 보인다. 저편에 반짝반짝 빛나는 아름다운 거리의 야경이 펼쳐져 있다. 보석을 뿌려놓은 듯한 세계가 그곳에 있다. 그녀는 얼떨결에 예쁘다, 하고 중얼거린다. 그는 다정하게 웃음을 지어 보인다. 그녀는 빛나는 세상의 중심에서 그를 발견한다.

뭐가 보여? 그의 질문에 그녀는 싱긋 웃더니 변하지 않은 당신, 하고 대답한다. 당신 눈에는 뭐가 보여, 하고 묻는 그녀. 그는 그녀의 눈동자를 물끄러미 바라보고 나, 하고 대답한다. 눈동자 속에 내가 있어. 그녀는 웃음을 터뜨린다. 당신 눈 속에도 내가 있어. 예전에는 그렇게 서로를 바라보며 살아갔지. 그가 말하자 그녀의 얼굴에서 갑자기 웃음이 사라진다. 그래. 그녀는 눈길을 돌렸다.

끝없이 이어지는 세상. 지평선 끝까지 집집마다 불빛이 이어진다. 불빛 하나하나 속에 각각 전혀 다른 사람들의 삶이 있다. 그는 그런 이야기를 한다. 그녀는 지루한 듯 듣고 있다.

우물쭈물할 틈이 없다. 그가 이 불빛 속으로 희망을 되돌리기 전에 그녀는 결론을 내리고 싶었다. 그녀가 이 반짝임 속에서 희망을 바라보는 동안 설득해야 한다고 그는 생각한다. 나는, 하고 그녀가 말했을 때 그도 동시에 나는, 하고 말했다. 두 사람은 서로의 얼굴을 보며 다음 말을 꿀꺽 삼켰다.

아름다운 세상이 두 사람의 등 뒤를 물들여간다. 끝없는 세상에 압도당하면서 동시에 눈앞에 놓인 문제를 다시 바라보는 두 사람. 이 세상에서 가장 소중한 건 뭘까? 그녀는 잠시 망설인다. 사람의 수만큼 세상이 있다고 그는 새삼 느낀다.

마주 보는 두 사람. 그는 그녀의 눈동자 속에 은하수가 있다고 생각한다. 그녀는 그의 눈동자 속에 시간의 흐름이 있다고 생각한다. 이렇게 가까운 장소에 또 하나의 뚜렷한 세상이 있다. 두 사람은 각자의 마음이 성급한 지구의 시간 속에서 움직이고 있다는 걸 깨닫는다. 그는 상대를 좀 더 배려했어야 한다고 어렴풋이 알아차린다. 그녀는 결론을 내리는 건 오늘이 아니어도 괜찮지 않을까 막연히 생각한다.

머리 위로 우주가 다가온다. 두 눈 아래에 세상이 펼쳐진다. 관람차가 별안간 멈춰 선다. 갑작스러운 사고인지 고의로 일으킨 사고인지는 알 수 없다. 두 사람을 태운 곤돌라가 관람차 정상에서 정지해버린다.

모터 소리가 멈추고 정적에 휩싸인다. 끼이, 끼이, 끼이, 하고 금속이 스치는 소리만이 곤돌라 안에서 쓸쓸하게 울려 퍼진다.

그녀의 은하수가 그를 감싸고 그의 시간이 그녀의 머리 위로 흘러간다. 그 순간 세상은 두 사람만의 것이 된다. 서로 사랑했던 추억이 그녀의 머리 위로 마치 눈송이처럼 쏟아져 내린다. 불안정한 대관람차 꼭대기에서 곤돌라는 바람과 인력에 이끌려 조금 흔들린다.

세상이 기울어지는 듯한 느낌이 든다. 대기권에 돌입하는 인공위성 안에 있는 듯한 착각이 든다. 이대로 지구로 돌아가지 못한다면, 그녀가 중얼거린다. 별똥별처럼 대기권에서 불타버린다면, 하고 그가 말한다. 그렇지만 인생이란 원래 허무한 것이니까 체념하는 수밖에 없어, 하고 그녀가 시원스레 결론을 내렸다.

끼이이이이, 하고 곤돌라가 소리를 내며 움직이고 그녀는 무의식적으로 그의 손을 붙잡는다. 무의식적으로 삶에 매달리는 인간다움이 엿보인다. 잡힌 손을 꼭 움켜쥐는 그. 하지만 만약 그렇다 해도 나는 마지막까지 이 손을 놓지 않아, 하고 그는 사라져버릴 정도로 자그마한 목소리로 선언한다. 그녀는 못 들은 체하고, 그는 자신의 말에 얼굴을 붉힌다.

세상에서 가장 멀리 보이는 건 뭘까, 그녀가 침묵을 견디지 못하고 물었다. 두 사람의 눈은 아래쪽을 내려다본다. 지구 끝까지 이어지는 도시의 풍경이 펼쳐져 있다. 두 사람은 동서남북을 둘러본다. 집, 지붕, 굴뚝, 탑, 길, 교회, 강, 구름, 하늘, 그곳에서 두 사람은 동시에 상공을 쳐다본다. 하늘이 가장 멀리 있는 걸까? 아니, 달이야. 달보다는 태양. 태양 쪽이 더 멀어. 아냐, 그렇지 않아, 태양보다 훨씬 멀리 있는 게 있어. 알았다. 별이지.

두 사람은 별을 응시했다. 몇 억 광년이나 되는 저편에서 헤아릴 수 없이 긴 시간을 거쳐 도착한 반짝임. 그런가, 세상에서 가장 멀리 보이는 건 별이었나. 그는 이해가 되어 고개를 주억거리고 그녀의 입가도 풀어진다.

두 사람은 다시 서로의 눈을 똑바로 바라본다. 영원이라는 게 있다면 이 순간이야말로 영원임이 분명하다.

별보다도 멀리 보이는 게 사람의 눈 속에 있다. 은하수가 그곳에 있다고 그녀는 생각한다. 시간이 그곳에서 흐르고 있다고 그는 생각한다. 그 끝없는 걸 품고 사람은 살아가기 때문에, 고귀한 것을 애지중지하고 싶다고 두 사람은 느꼈다. 아주 가까이 있으면서 멀리 있는 것. 가장 멀리 있으면서 바로 곁에 있는 것. 그게

218

너이고 그게 나다.

누가 먼저랄 것도 없이 두 사람은 입맞춤을 나누었다. 침묵이 조용히 쏟아져 내린다. 별빛이 곤돌라를, 관람차를, 겨울의 거리를, 끝이 있는 이 세상을 끝없이 감싸기 시작한다.

덜커덩, 하고 커다란 소리가 나고 곤돌라가 크게 흔들렸다. 관람차가 다시 움직이기 시작한다. 무슨 일이 일어났는지 두 사람은 알 수 없지만 이제 상관없다. 키스를 하며 그녀가 웃고, 그는 계속 웃는 그녀의 뒷머리를 손으로 감싸 안고 더욱 격렬하게 사랑하는 이를 끌어당긴다. 그녀는 두 손을 흔들며 항복하고 그도 이끌리듯 웃음을 터뜨린다. 이와 이가 서로 부딪치고 그리고 두 사람은 진지하게 입맞춤했다.

곤돌라의 창문에 가랑눈이 부딪친다. 눈의 결정체가 유리에 달라붙고 어느새 천천히 소리 없이 사라졌다. 허무함과 고귀함이 한꺼번에 존재하는 순간도 있다고, 두 사람은 우연히 같은 순간에 생각한다.

후기를 대신해서   219

아카시아, 하면 무슨 생각이 가장 먼저 떠오르시나요?

어린 시절 제 방 창문을 열면 아카시아 숲이 보였습니다. 눈부시게 파란 5월 하늘, 시원한 바람이 살랑살랑 불어올 때마다 코끝으로 전해지던 싱그러운 아카시아 향기, 따사로운 햇살 아래 나른한 듯 눈을 가늘게 뜨고 기지개를 켜고는 웅크리고 앉아 털을 고르던 어미 고양이와 아기 고양이의 평화로운 모습이 떠오르네요.

츠지 히토나리의 장편소설은 우리나라에 여러 권 소개되었는데, 단편집은 『아카시아』가 처음입니다. 『아카시아』에는 단편 다섯 개와 후기를 대신하는 작은 사랑 이야기 한 편이 담겨 있습니다. 그런데 차례를 훑어보아도 「아카시아」라는 제목은 없네요. 네, 두 번째 단편 「내일의 약속」을 읽다 보면 찾으실 수 있습니다. 여기서 남자는 이름이 존재하지 않는 부족 소녀에게 '아카시아'라는 이름을 붙여줍니다. 김춘수의 시 「꽃」처럼 말이죠. '내가 그의 이름을 불러주기 전에는/그는 다만/하나의 몸짓에 지나지 않았다.//내가 그의 이름을 불러주었을 때/그는 나에게로 와서/꽃이 되었다…….' 「내일의 약속」에서 이 남자는 '아무리 황폐한 땅이라도 꽃을 피울 수 있는 식물의 이름을 붙여줬다'고 말합니다. 남자에게 '아카시아'는 그런 의미인가 봅니다. 그런데 우리나라 산과 들, 언덕에서 흔히 보는 아카시아의 실제 이름은 아까시나무(false acacia)라고 하네요. 아까시나무의 영어명이 '가짜 아카시아'인 점이 꽤나 흥미롭습니다. 쉽게 말해 둘 다 장미목 콩과에 속하지만 아까시나무는 북아메리카산이고, 아카시아는 호주 등 열대와 온대 지방에서 자란다는 점이 다릅니다. 그러니까 「내일의 약속」에서 남자가 말한 식물은 '아카시아'가, 우리에게 친근한 아카시아는 '아까시나무'가 정확한 명칭입니다.

참, 2010년 봄에 츠지 히토나리가 감독한 영화 〈아카시아〉가 공개된다고 합니다. 이 작품이 영화로 만들어지는 게 아닌가 하고 잠시 설렜는데 제목만 〈아카시아〉라고 하네요. 영화 〈아카시아〉는 고독한 노인과 타인에게 마음을 열지 않는 소년의 이야기라는군요.

옮긴이의 말

츠지 히토나리의 작품에는 마음을 울리고 오랫동안 기억하고 싶은 주옥같은 문장이 촘촘히 수놓아져 있습니다. 『냉정과 열정 사이 Blu』, 『사랑을 주세요』, 『편지』, 『사랑 후에 오는 것들』, 『안녕, 언젠가』, 『태양을 기다리며』, 『우안─큐 이야기』. 마지막에 짤막하게 소개하겠지만 『아카시아』도 그 기대를 저버리지 않습니다.

이 책에 수록된 단편에는 각기 다른 얼굴의 사랑이 그려져 있습니다. 「포스트」에는 소극적인 여자 스토커가 등장한다는 점이 조금 특이합니다. '열 번 찍어 안 넘어가는 나무 없다'는 속담처럼 남자는 어느덧 여자에게 길들여지고 맙니다. 이런 사랑도 사랑이겠죠. 「내일의 약속」, 「비둘기 게임」, 「감출 수 없는 것」에서는 이국적인 정취가 물씬 풍겨납니다. 「감출 수 없는 것」에는 「내일의 약속」에서 일어난 사고 내용이 라디오를 통해 흘러나오는 장면이 있습니다. 눈치채셨는지요. 「감출 수 없는 것」은 마치 추리소설 같은 속도감 넘치는 전개와 충격적인 결말이 돋보이는 작품입니다. 「세상에서 가장 멀리 보이는 것」은 『냉정과 열정 사이』를 연상시킵니다.

　실은 아주 오랫동안 옮긴이의 말을 쓰지 못하고 미뤄왔습니다. 내공이 부족한 탓에 도저히 제 마음을 표현할 길이 없더군요. 자괴감과 후회 때문이기도 하고요. 「비둘기 게임」에 이런 문장이 나옵니다. '영원히 지는 일은 없다. 고통이 지속되는 일도 없다. 언젠가 반드시 비는 그치고 구름 사이로 파란 하늘은 엿보인다.' 「내일의 약속」에는 황금빛 나비가 장관을 연출하는 감동적인 장면이 펼쳐집니다. 「노래 도둑」에는 일이든 사랑이든 첫 마음을 잃은 이라면 가슴 뜨끔할 만한 문장이 줄줄이 나옵니다. 또 '사랑스러움이란 안쓰러움의 다른 말인지도 모른다' 는 가슴 따뜻해지는 문장도 있고요. 츠지 히토나리의 아름답고 멋진 문장을 다이어리에 하나하나 옮겨 적으면서 그제야 행복을 느꼈습니다. 좀 더 빨리 깨달았다면……. 단편을 여럿 읽다 보면 유난히 마음을 끄는 이야기가 있게 마련입니다. 제 경우는 마지막 사랑 이야기 「세상에서 가장 멀리 보이는 것」이 그랬습니다.

영원이란 게 있다면 이 순간이야말로 영원임이 분명하다. 별보다도 멀리 보이는 게 사람의 눈 속에 있다. 은하수가 그곳에 있다고 그녀는 생각한다. 시간이 그곳에서 흐르고 있다고 그는 생각한다. ……아주 가까이에 있으면서 멀리 있는 것. 가장 멀리 있으면서 바로 곁에 있는 것. 그게 너이고 그게 나다.

금가루가 총총 뿌려진 까만 밤하늘에서 갑자기 새하얀 함박눈이 펑펑 쏟아져 내리는 크리스마스이브에 사랑하는 이와 함께 관람차를 타는 말도 안 되는, 하지만 미치도록 행복한 상상을 하며 짧은 글을 마칠까 합니다. 이 작품을 읽고 당신도 행복해지길…….

2010년 겨울날에 **안소현**